Você não precisa de ninguém para se sentir completo

ANDRÉ FERRARI

Você não precisa de ninguém para se sentir completo

Copyright © André Ferrari, 2021
Copyright © Editora Planeta do Brasil, 2021
Todos os direitos reservados.

Preparação: Fernanda Guerriero Antunes
Revisão: Erika Nakahata e Nine Editorial
Projeto gráfico e capa: Nine Editorial
Imagens de miolo: Rusyn Viktoriia / Shutterstock

Dados Internacionais de Catalogação na Publicação (CIP)
Angélica Ilacqua – CRB-8/7057

Ferrari, André
  Você não precisa de ninguém para se sentir completo / André Ferrari. – São Paulo: Planeta, 2021.
  192 p.

  ISBN 978-65-5535-226-9

  1. Autoajuda 2. Autoestima I. Título

  20-4168   CDD 158.1

Índices para catálogo sistemático:
1. Autoajuda 2. Autoestima

2021
Todos os direitos desta edição reservados à
EDITORA PLANETA DO BRASIL LTDA.
Rua Bela Cintra, 986, 4º andar – Consolação
São Paulo – SP – CEP 01415-002
www.planetadelivros.com.br
faleconosco@editoraplaneta.com.br

Este livro é pra você que percebeu, após tantas quedas, que não precisa de ninguém pra se sentir feliz.

Solteira me deito, sem dor de cabeça me levanto

Houve um tempo em que esse rótulo teria me constrangido de maneira profunda. Afinal, embarcamos no preconceito social de que ter um relacionamento é sinônimo de felicidade. Nos momentos em que estive só, muitas questões internas vieram à tona, como se fosse um defeito estar sozinha, seja nas festas de família, seja no barzinho da esquina. "Tão bonita, porém solteira. Será que ela tem algum problema?"
A mulher que nunca ouviu isso que rabisque esta página do livro agora! Demorei e sofri na mão de quem não me merecia, fui me diminuindo cada vez mais para tentar caber no universo do outro. Foram diversas tentativas fracassadas de mostrar ao mundo que eu era digna de ter alguém, ainda que essa pessoa me deixasse mal e não reconhecesse o mínimo de valor ou esforço que eu fizesse para fazer dar certo. Pulei de relacionamento em relacionamento, procurando um tapa-buraco que jamais encontrei no romance seguinte. Faltava algo em mim, levei anos repetindo a mesma mentira:

Melhor estar infeliz e acompanhada
do que plena e solteira.
Arrastei essa falácia por muito tempo. Criava
um mar de justificativas para validar minha
tristeza. Depositava um conto de fadas
ilusório no colo espinhoso de amores meias-
-bocas, que naturalmente não dariam certo.
Tive de suportar uma avalanche de sensações
negativas, provando que conseguia estar
com alguém, mesmo com o coração cheio
de feridas. Fingia estar contente com as
migalhas, em favor da falsa imagem do casal
perfeito, em que todos ao redor acreditavam.
Foi nesse processo doloroso que aprendi,
por livre e espontânea pressão, a enaltecer
a minha própria companhia. A tarefa
de enxergar o valor da liberdade foi
uma atividade exaustiva de reencontro
com o protagonismo da minha vida.
*Deixei de lado a coadjuvante que habitava
aqui e enxerguei as relações tóxicas na
vizinhança.* Encontrei traições, mentiras,
joguinhos e interesses descarados em
alguns relacionamentos ao meu redor.
Aos poucos, percebi quão feliz eu era com a
companhia refletida no espelho do quarto,
valorizei cada voltinha do meu corpo, cada
risada e até mesmo a cara de sono depois de
uma noite virada na boate com as amigas.
Fiz da minha solteirice a direção correta
para buscar o amor-próprio que havia muito
tempo não encontrava. Foi somente quando
cheguei às "alturas" que a ficha caiu e
consegui, de fato, deixar as relações tóxicas

enterradas no passado. Fiz deste o meu mantra de vida: *Só ficará ao meu lado quem for capaz de ser recíproco.* Ser solteira agora é um estado de espírito que beira o infinito. E a permissão clara que dei a mim mesma de encontrar novas sensações e amadurecer compulsoriamente a minha essência, sem pedir o consentimento de ninguém. ❥

Moça, coloque seu coração em modo avião

Deixe de lado todas as frustrações do passado, esqueça aquele ex-namorado louco que pensa ser dono da sua vida. Coloque um fim em qualquer história mal resolvida por aí. É hora de trilhar esse caminho sozinha. *Não dependa de ninguém para se sentir completa.* Coloque seu coração em modo avião, observe a viagem, deixe essa ansiedade quietinha dentro da mala e desembarque suas expectativas na próxima parada. Prepare o coração e alinhe a pista de decolagem. Flutue ao som de Anavitória e voe pela sua imaginação. Descubra mais sobre você, reveja suas metas e mentalize um panorama novo para sua vida. O mundo se faz agora, não perca seu tempo com quem atrasa e diminui você. É hora de voltar a poltrona para o lugar, com a mente renovada para enfrentar o que há por vir. Fique calminha na hora de descer. Faça essa experiência valer a pena. No momento em que pousar, observe a paisagem de outra maneira. Enxergue cada sorriso como uma oportunidade de se contagiar também. Reencontre a melhor versão de si na área de desembarque.

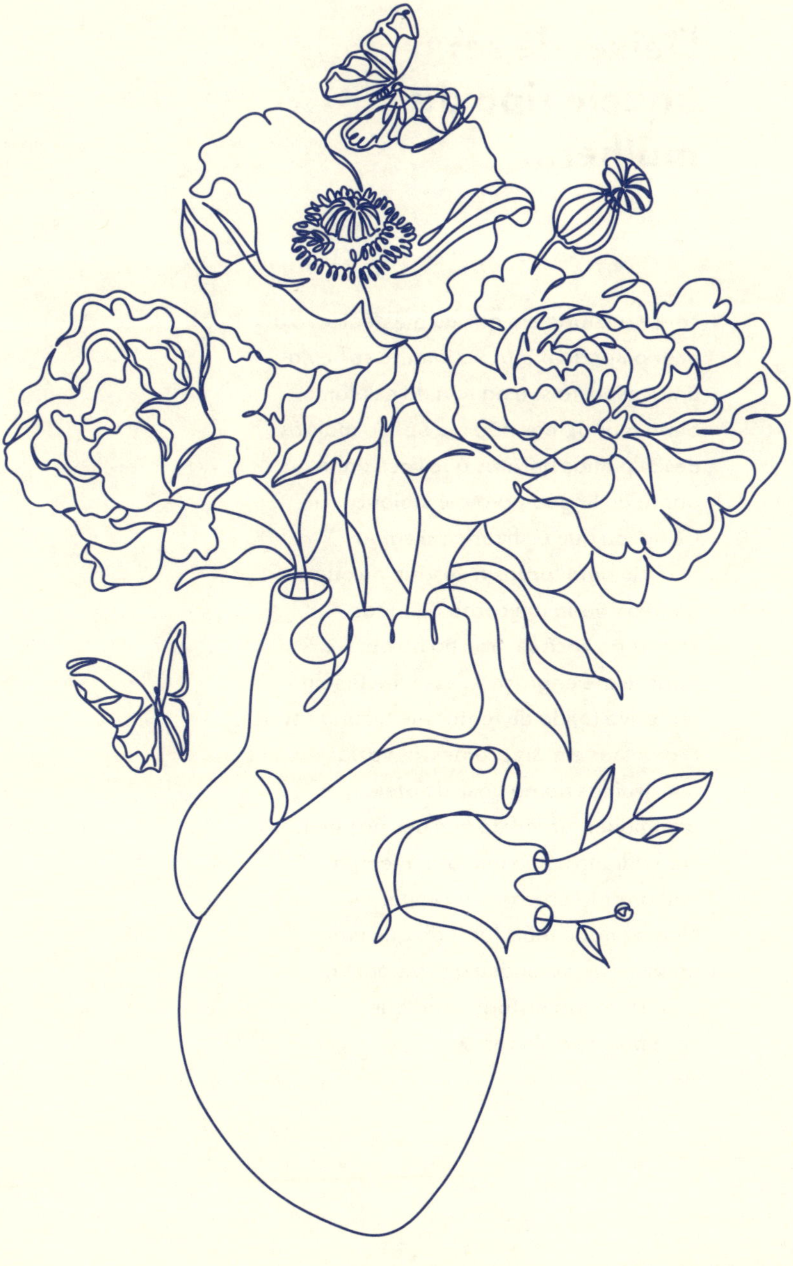

Deixei de ser aquele tipo de mulher...

Foi-se o tempo em que eu me dedicava a ficar olhando minuto a minuto se havia uma resposta sua na tela do celular.
Sinto muito, mas não me apego mais às desculpinhas baratas que você tinha na ponta da língua para me ludibriar.
Cê achou que eu ficaria na cama criando uma fantasia ilusória de que um dia viveria um conto de fadas enquanto você se divertia no bar?
Sabe, é até engraçado esse discurso na tentativa falida de tentar me reconquistar. Promessas e mais promessas vazias construídas numa base de areia que, a qualquer momento, vai desmoronar.
Não adianta, não perca seu tempo implorando para que eu volte.
Não há nada mais forte do que uma mulher que aprendeu a se valorizar.
Eu relato essa história para que você possa se liberar. ❥

Seríamos um casal FODA!

Éramos a própria intensidade. Tínhamos aquela química surreal contagiando todos ao redor. Simplesmente assim, o modelo de casal ideal que todos admiravam e queriam imitar. Admito, nossa conexão foi absurda, sem rodeios e sem joguinhos. A gente se uniu e não se largava mais.
É foda, né?
Aquele amor tranquilo, levinho, sem cobranças e alinhado num encaixe perfeito, na cama, na mesa, no sofá e, principalmente, na alma. Até as discussões mais pesadas acabavam em beijos. A gente vivia na saudade do Tom. Sem tristezas, sem regressos, sem melancolia e cheios de beleza. Colados e calados nos abraços sem ter fim.
Estava amarrada sem ter aquele nó chato, sabe? Construí planos, fiz a nossa agenda de férias e, aos poucos, você me dava mais corda. Mergulhei sem receio, com a total convicção de que você também estava se aventurando comigo.
Foi foda!

Em pouco tempo esse oceano ficou raso. Medos e inseguranças vieram à tona, um *tsunami* de sentimentos, e lá estava você, correndo e dando passos para trás. Insisti sozinha e cada vez mais você se afastava. Sua covardia despertou um lado meu que eu não conhecia, senti-me intoxicada e precisei de vários tombos até ver que a gente não era tão bom assim. Quebrei a cara até deixar a ficha cair, a intensidade virou aparência e a química virou uma fantasia ilusória de uma relação que não tinha mais jeito. ♥

Não importa o seu nível de maturidade emocional, encerrar um ciclo vai gerar uma dor imensa no peito. Tenha um pouquinho de paciência e não se cobre tanto. Deixe a vida mais leve. Enxergue novos caminhos e pare de se sabotar. Sua travessia vem carregada de possibilidades. Retire essa ansiedade da alma, tudo ficará bem no fim. É uma promessa.

Não se culpe dessa maneira, retire todo o peso que tem machucado esse coração bonito. Sei que todo esse processo vai transformá-la numa pessoa mais forte e sensata. Há cada vez menos pessoas com vontade de se relacionar de maneira profunda e genuína. *Eu suplico, não mude seu jeito de ser pelos tropeços vividos até aqui.* Sempre existe a possibilidade de encontrar alguém disposto a construir laços afetivos saudáveis. Agarre-se à esperança, tendo a plena consciência de se amar antes de tudo. Afinal, esse é o melhor antídoto contra a falta de reciprocidade. Ressignifique as dores do passado. Alcançar a paz interior é bem melhor do que se lamentar pelos caminhos tortuosos percorridos até aqui. O que passou ontem tem urgência de permanecer no passado. É hora de se blindar contra qualquer tipo de ilusão que se apresentar na forma de flerte. Você já aprendeu como funciona esse papinho frouxo de sempre, não caia mais no mecanismo de manipulação que quer sabotar a sua saúde mental. Não entre de cabeça, vá com calma e perceba aos poucos as reais intenções por trás daquele sorriso que deixa você sem rumo. Tenha um pouquinho de racionalidade, as coisas tendem a fluir de maneira natural. O que for para ser, será. Aposte nesse antigo clichê e evite expectativas desnecessárias. Isso tudo é para o seu bem, eu juro.

Ela aprendeu que, para ser feliz com alguém, é necessário ser feliz consigo mesma. Foi só depois de tropeços, tempestades e impulsos que o tal do amor-próprio nasceu. Agora ela não depende mais de fantasias e vive rindo pelos cantos, esperando pelo próximo dia e, quem sabe, uma pessoa honesta que possa surpreendê-la.
Ela quer desvendar as loucuras do mundo, sabe? Mas não quer ser estúpida a ponto de se perder. Quer andar de mãos dadas no shopping, com um sexo louco no banco de trás do carro depois. No dia seguinte, almoçar em família e planejar as férias na Serra do Cipó com ele. O mundo dela virou oceano. É um *mix* de ondas fortes e calmaria, na maré alta mergulha sem medo de se afogar. Amarra em seu corpo o biquíni mais bonito para não se soltar.
Virou clichê do Oriente, ela só quer viajar! ▶

Sentir falta e ter saudade se misturam no mesmo campo semântico. Sinto falta da sua cara de sono me dando um bom-dia desajeitado, se espreguiçando e já prevendo o beijo de café da manhã. Sinto falta dos detalhes, do cheiro e das gracinhas que me tiravam o riso por poucos segundos e me realizavam por um dia inteiro. Sinto falta de perder a noção do tempo e viver num universo paralelo entre mim e você, das promessas eternas que duraram pouco mais de um verão ensolarado e me trouxeram a realidade:
Eu não tenho mais você.
É aí que toda a saudade mora, o sentimento genuíno de olhar para trás e compreender que foi melhor assim. Entender que, apesar de toda a falta, cada um vai seguir o seu caminho. Ter saudade é amadurecer e reconhecer as coisas boas do passado, com a plena consciência de que recomeçar é preciso, ainda que seja dolorido.
Entre a falta e a saudade, eu fico com as lembranças. Controlo meu egoísmo e espero que você esteja bem (sem ironia). ❥

É hora de curar essas feridas, deixar de lado quem só enrola e faz pouco caso da sua presença. Compreenda neste instante que, se houvesse interesse, ele já teria feito morada no seu coração. Não se alimente de migalhas, siga sua intuição. Passe pelo processo de dor e entenda que, lá na frente, você terá a liberdade emocional que tanto procura.

Sobre a liberdade emocional...

Talvez a carência seja a sensação mais frustrante do nosso tempo. Depositamos todas as expectativas no próximo como se não fôssemos suficientes, criando uma dependência emocional e tóxica da presença do outro.
Sei que não temos garantias nem do presente nem do passado. É tempo de se recompor e criar narrativas em que nosso protagonismo venha à tona. Não tenha vergonha de se colocar em primeiro lugar, livre-se de qualquer constrangimento ou receio. Deixe o seu brilho transparecer e não se prenda a ninguém. Não se submeta a essa angústia somente para ter a aceitação do próximo. Deixe a crença de lado e recarregue os níveis de amor-próprio. Esteja completa e jamais aceite menos do que alguém que faça você transbordar. ♥

Cuide de si mesma, cuide-se agora!

Não espere que o outro adivinhe as dores que atormentam você. A sua saúde mental pode estar em jogo, procure ajuda e recolha-se ao colo dos amigos. Não tenha vergonha de se sentir abatida. Ter um momento de fragilidade não significa que você é fraca. Todos nós passamos por momentos de fragilidade, e está tudo bem se sentir perdida às vezes. Encontre um ombro de confiança para desabafar, sem medo de ser julgada ou ter o dedo apontado para sua cara. Reconheça a necessidade de ficar bem, entenda que todo esse sentimento fará parte da sua caminhada rumo à maturidade emocional. Seja a prioridade na sua própria vida. Vencer e passar por tudo isso faz parte da razão de existir neste mundo. ❥

Não se culpe por
se afastar

de
quem só

joga você

para

baixo

Que tal fazer uma faxina e excluir todas as pessoas tóxicas que não agregam nada? Pessoas egoístas sugam nossa energia pouco a pouco, e, quando nos damos conta, o ambiente está infestado de

negativismo. Parece que tudo é ruim
e que nada é suficiente. É uma prisão
de baixo-astral de quem só nos critica
e nos adoece emocionalmente.
Leva tempo até perceber esse mal-estar,
o descompasso de quem só sabe julgar
e diminuir o outro. Tudo é defeito, tudo
é ruim. Aposto que você já conheceu
alguém assim: uma mistura de sutileza
com maldade, a própria inveja travestida
de críticas construtivas no intuito de
lhe rebaixar. Pare agora mesmo de
perder o seu tempo precioso com quem
não a estimula a melhorar. Não confie
em quem não consegue se colocar no
lugar do outro e destila veneno pelos
lábios. É aquele lance de empatia, sabe?
Observe quem nunca faz elogios e não
reconhece as qualidades do próximo.
Não tenha a companhia de quem só espeta
com crueldade pelas costas. Algumas
pessoas nunca vão se importar, afinal,
a inveja pode existir onde você menos
espera. Desapegue com urgência e, por
mais que isso cause dor, não se culpe por
retirar alguém assim do seu caminho.

Iludir alguém não a faz melhor. Muito pelo contrário, só demonstra a sua fraqueza emocional em querer diminuir o próximo. Recolha essa atitude mesquinha e comece a valorizar quem faz de tudo para estar ao seu lado. Você tem a chave para trazer à tona o melhor do outro. Não estrague o afeto que foi construído até aqui.

Eu sei que você passou por muita coisa. A verdade é que essa carga foi pesada demais para os seus ombros machucados. Trapaças, mentiras e intrigas levaram você ao fundo do poço. Apesar disso, o melhor caminho sempre será o perdão. Não lhe peço para esquecer o que fizeram com você: perdoar não é ignorar as feridas do passado. Perdoar e se dar uma nova chance para evitar que esses pesadelos voltem a assombrar no futuro. Deixe o coração leve, afaste-se de quem ousou diminuí-la e lhe trouxe dor. Descarregue agora mesmo todas as mágoas que lhe atormentaram amargamente nesse período. Permita-se e transforme esse fardo para ter uma alma leve e sem cicatrizes.

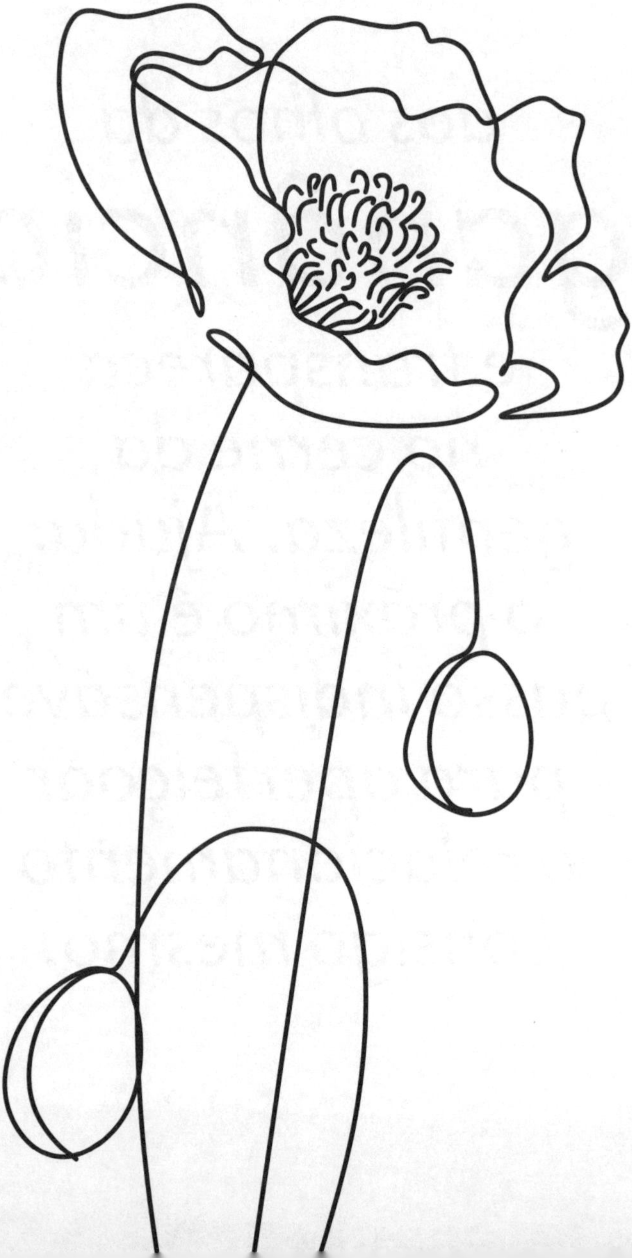

Seja invisível aos olhos da **ganância** e transpareça no cerne da gentileza. Ajudar o próximo é um passo indispensável para aperfeiçoar o relacionamento consigo mesmo.

Não seremos um casal perfeito dos romances clichês da *Sessão da Tarde*. Eventualmente, nossas imperfeições virão à superfície e o conflito também será parte desse processo. Neste período, é preciso ter paciência para contornar as briguinhas bobas do cotidiano. Seja na minha bagunça pela casa, seja no seu orgulho que não dá o braço a torcer. Quero que insista no diálogo comigo. Eu me comprometo a ter a sabedoria de escutar você até nos meus piores dias. Sei que a vida nem sempre é feita de encantos, por isso farei da reconciliação uma das certezas dessa relação. Seremos cúmplices, até mesmo nos erros e desencontros. Podemos não ser um casal perfeito, mas seremos felizes. É uma promessa. ❥

Ela não curte o meio-termo e, se percebe que há enrolação, meu caro...

É tchau e bênção para você.

Do mesmo jeito que aprendeu a se doar, ela também desapega fácil e esquece. A escolha é toda sua. ❥

Esse lance de que você precisa de alguém que lhe tire do sério para completá-la é algo surreal. Existe uma diferença estratosférica entre quem acelera o seu coração e quem perturba a sua paz. Relacionamentos saudáveis geram borboletas no estômago, que acompanham a "sorte de um amor tranquilo com sabor de fruta mordida". Fuja do caos das pessoas inconstantes, que mudam de comportamento a todo instante por qualquer coisinha. Não seja a âncora emocional dos problemas que só pesam e não trazem leveza. Pergunte a si mesma: vale a pena viver essa tempestade de emoções adversas? Se esse romance mais atrapalha do que transborda, reveja se não passa de um devaneio que pode afundar você a qualquer momento. ♥

Resolvi desatar os nós que me puxavam para baixo. Concedi ao mundo uma chance para o mundo me seduzir. Olhei tudo em volta e percebi a minha ingratidão. Tenho tanta coisa, mas, mesmo assim, me esqueço de agradecer. Faça isso também, repare nesses detalhes e siga em frente, reaja perante qualquer adversidade. Eu sei que você consegue. ❥

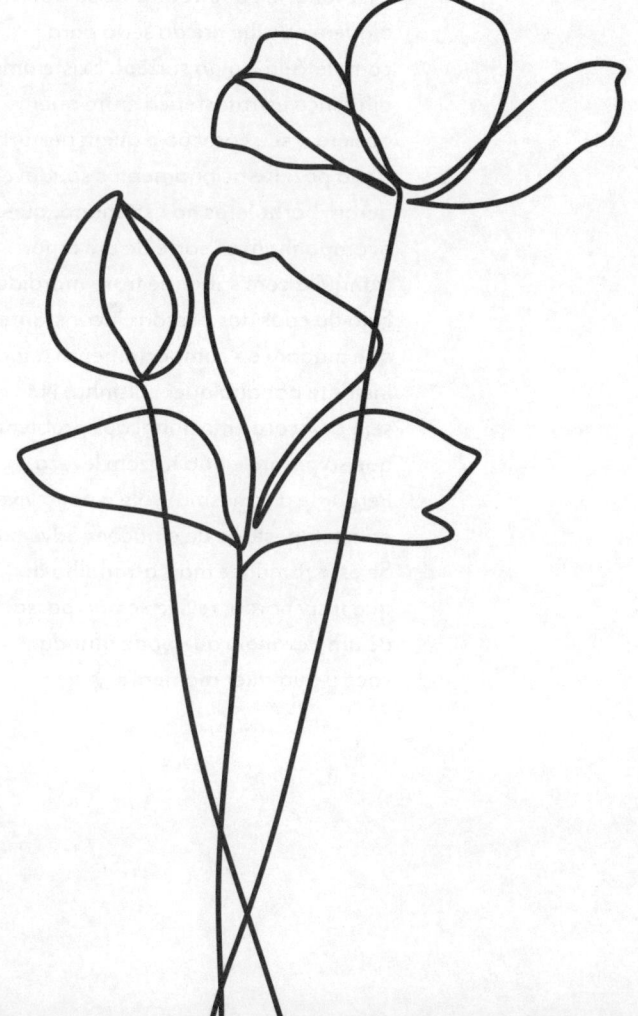

Ninguém deve ser tão importante a ponto de roubar a sua paz e deixá-la sem sono. Ninguém deve ser tão difícil assim para que você tenha que se diminuir e se tornar refém das exigências do outro. *Caia na real, perceba que é inútil tentar se encaixar na vida de quem não se importa com a sua existência.* Isso é muito menos sobre você e muito mais sobre o egoísmo de quem jamais vai enxergar você como você merece. ❥

Preste atenção no quanto tem recebido das pessoas. Há uma diferença quilométrica entre apreciar a liberdade do outro e ser deixada de lado pela falta de prioridade. Se você faz muito esforço para receber algum trocadinho de afeto, a hora de desistir está batendo à porta.

Gosto de gente que ama de maneira insana, sem se preocupar com os olhares alheios. Gosto de gente que perde a vergonha no transporte público, pessoas que gargalham, se abraçam e se beijam como se a estação de metrô inteira fosse só delas. Gosto de gente desencanada, sem preconceitos, que entende o poder de transformação que exerce sobre o outro quando oferece uma palavra de conforto. Gosto de gente que tem pressa em ser feliz, que não esconde quando tem borboletas no estômago e que faz questão de exprimir sentimentos sem medo de ser magoado. Eu gosto de gente que faz acontecer, que cumpre com o prometido e reconhece o valor de cada detalhe afetivo na construção de uma relação saudável. Em resumo, eu gosto de gente que aplica todos os verbos no infinitivo...
Gente que se dedica a:

Viver
Sorrir
Corresponder

E, principalmente, *amar...* ❥

fale agora,
abra a boca,
não guarde rancor,
não acumule as mágoas,
deixe tudo sair,
chore copiosamente,
se exponha sem receio,
mostre sua sensibilidade.
as pessoas mais fortes são assim.

Mesmo com essas feridas por cicatrizar, você ainda possui a disposição de se expor a novas experiências. Essa vulnerabilidade acaba transformando você em um ser humano forte e apto a evoluir e alcançar a maturidade emocional. Talvez você seja julgada pelos outros como uma pessoa frágil, que gosta de sofrer e quebrar a cara, e é aí que eles estão enganados. Afinal, é exatamente esse nível de resiliência que vai prepará-la para viver sensações incríveis ali na porta que o futuro vai abrir.
Lembre-se: quem escolhe esconder as emoções acaba colhendo carência e se tornando frágil. Não ser impenetrável é um atributo de pessoas fortes e bem resolvidas. Olhe para dentro de si e permita-se. Só consegue alcançar a felicidade quem também se expõe, de alguma maneira, ao sofrimento. Não existe fórmula mágica para zerar esse jogo sem se aventurar num caminho tortuoso. ❥

Entrego-me
a quem aceite,
desinibidamente,
realizar fantasias
da alma e do corpo.

Ela aprendeu que pode muito bem ser feliz e completa sozinha. Passou a exigir mais das pessoas, das sensações e dos afetos compartilhados. Descobriu que quando algo é verdadeiro ninguém separa, ninguém faz birra, ninguém estraga. Depois que usou a reciprocidade como métrica desse aprendizado, compreendeu que a sua relação com o mundo e com as pessoas deve ser uma troca equilibrada e saudável. Passou a usar o amor-próprio como base em todas as circunstâncias.

Esquive-se de pessoas que, silenciosamente, ficam apunhalando você pelas costas. Quando houver os primeiros sinais de deslealdade, fuja educadamente para não se sufocar no mau-olhado de quem busca diminuir o outro. ❥

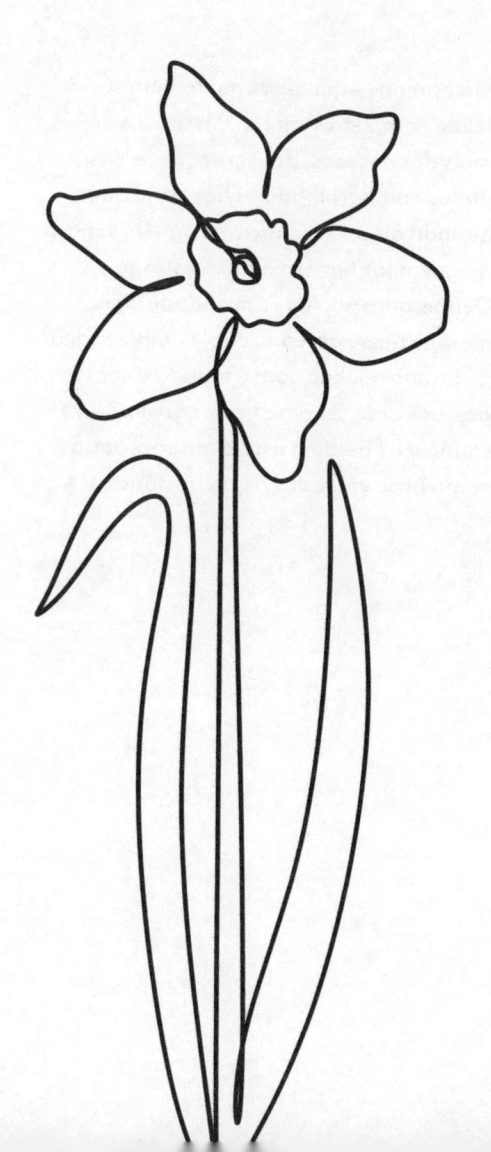

Amar alguém que mora longe é a tarefa de reviver o amor e construir, dia após dia, um elo de confiança. É se preparar emocionalmente para despedidas e reencontros. É compreender que a dor da partida vem sempre acompanhada do gostinho de matar a saudade ali na frente. Ter uma relação a distância é o início de um processo de valorização dos pequenos gestos. Uma caminhada de mãos dadas vira uma maratona intensa de carinho e afeto, enquanto a gente reza para que o filme da TV dure o dobro de tempo, só para ter um motivo a mais para ficar grudado. Quando se namora a distância e se acorda com a pessoa amada, o café da manhã vem recheado de beijos e com o desejo frenético de que tudo se repita o mais rápido possível. Gostar de alguém que não está por perto o tempo todo é perceber que esse intervalo é temporário e que os desencontros do presente serão as lembranças dos propósitos planejados para o futuro. ❥

Quero que você seja muito mais do que uma mulher empoderada, desejo que seja poderosa. Dona do próprio nariz, protagonista singular da estrada que percorrer. Vejo a sua conquista sem pisar em ninguém. Estou aqui, liderando sua torcida e aplaudindo da primeira fileira.

Amadurecer consiste em se amar mais,
não se importar tanto com os outros,
ouvir o próprio coração
transbordar de intensidade,
relevar quem tenta agredir,
desenvolver empatia,
fazer o bem sem querer algo em troca,
perdoar quem a machucou,
seguir em paz
e se libertar de qualquer ressentimento. ❥

Em vez de melancias e abacaxis, o carro de som que passa na rua poderia oferecer sentimentos e abraços honestos. Estamos cansados de tanta falsidade gratuita espalhada por aí. ❥

É preciso se amar agora, ninguém fará isso por você

Estamos acostumados a suprir nossas carências no colo do outro. Criamos raízes profundas de tal modo que, se não houver reconhecimento alheio, nos sentimos fracassados, no fundo do poço. A gente acaba se apegando a migalhas para nutrir qualquer momento de relevância, em busca de um reconhecimento doentio que a longo prazo só nos enfraquece. É hora de enxergar que, quanto mais formos dependentes, mais riscos corremos de quebrar a cara. Pense nos sofrimentos e nas angústias que teve somente por transferir a tarefa de ser feliz para alguém que não correspondeu. O momento de acabar com as decepções é agora, e depende exclusivamente de você deixar a ficha cair e tomar uma atitude.
Passe a admirar a sua própria companhia, entenda que ninguém neste mundo vai compreendê-la melhor do que você mesma. Reconheça os valores da sua essência, admire-se e presenteie-se com mais autoestima. Observe sua história do palco principal, o protagonismo da sua vida deve ser todo seu.

Nota sobre ela

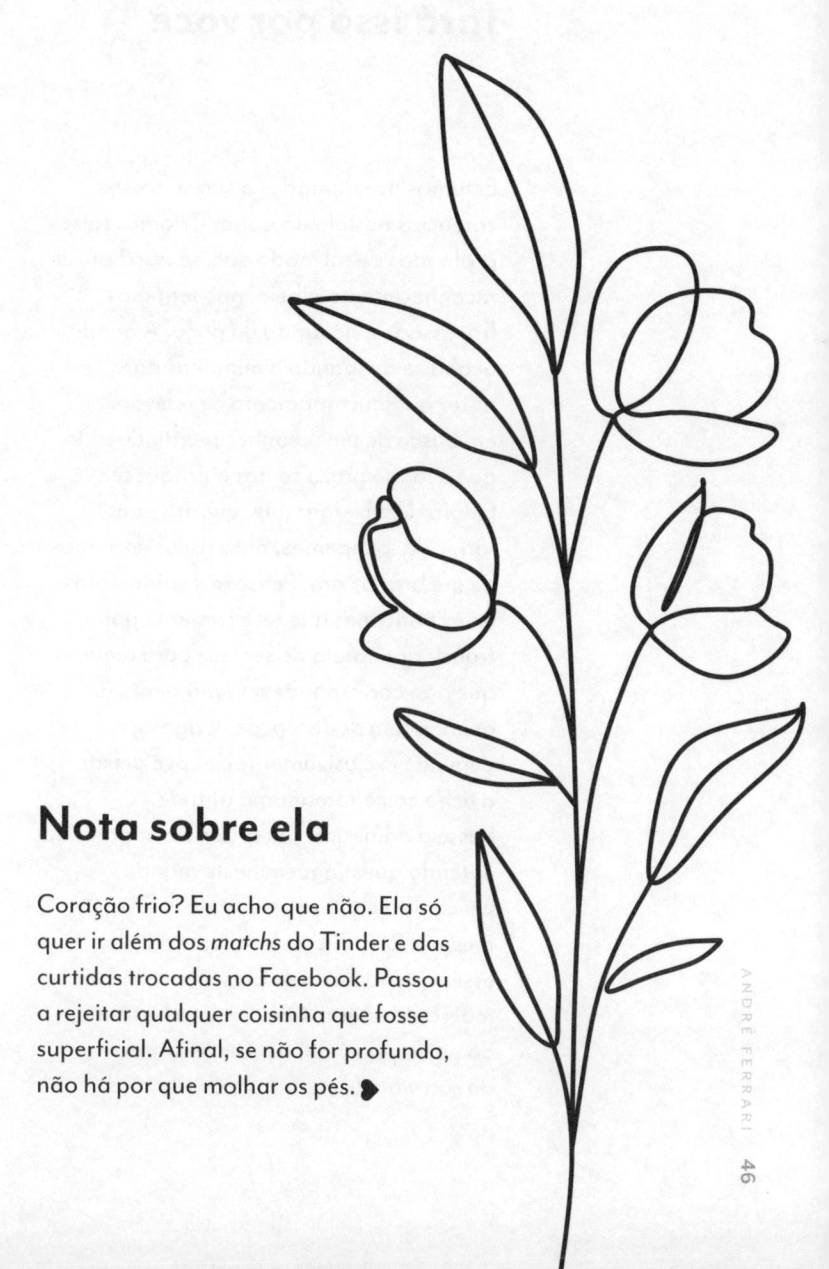

Coração frio? Eu acho que não. Ela só quer ir além dos *matchs* do Tinder e das curtidas trocadas no Facebook. Passou a rejeitar qualquer coisinha que fosse superficial. Afinal, se não for profundo, não há por que molhar os pés. ❥

Psiu, faça um favor a si mesma

Pare de *stalkear* quem já encerrou uma história com você. Resista a esse desejo de vigiar a vida de quem se encontra em uma nova fase. Por mais clichê que seja, você também precisa seguir em frente. Solte as amarras e não perca mais tempo com um passado que jamais voltará. Inicie neste instante um novo ciclo. ▶

Dentro de mim existem centenas de corações, desde
aquele que me tornou homem até os que surgiram de
encontros breves nesta caminhada. Quando começo
a fraquejar, lembro-me dela e da parte aqui dentro
que ainda me olha de um jeito único naquele
banco do carro, me joga para cima e me
faz compreender que a força vem da
necessidade de abraçar o
mundo, sem ter medo
de absolutamente
nada.

Eu desisti de você

Confesso que tive momentos bons, acompanhados de vários sorrisos ao seu lado. Senti as borboletas flutuarem no estômago e o coração acelerar, como se ter escolhido você fosse a decisão mais certeira da minha vida. Eu sempre soube que nem tudo são flores e que altos e baixos aconteceriam eventualmente. Com a rotina, vi que, apesar de toda aquela admiração, as diferenças seriam insuperáveis, e, na mesma intensidade que me apaixonei, percebi que o fim seria inevitável.
Parece que fui sentindo, de pouquinho em pouquinho, que cada tropeço anunciava a nossa queda. Aprendi que os detalhes também são importantes. Quem diz que só o amor consegue ser a base de uma relação está equivocado. Fui parando de me encontrar na sua vida e, consequentemente, me perdi no meio de tantas dúvidas com uma coleção de decepções.
Sabe, lutei até onde aguentei e não me culpo pelo término. Mesmo sentindo sua falta, o caminho de cada um vai ter um final feliz. Pode ter certeza de que você ficará no meu relicário de sentimentos com memórias bonitas. Desejo que se encontre e fique bem (sem ironia).

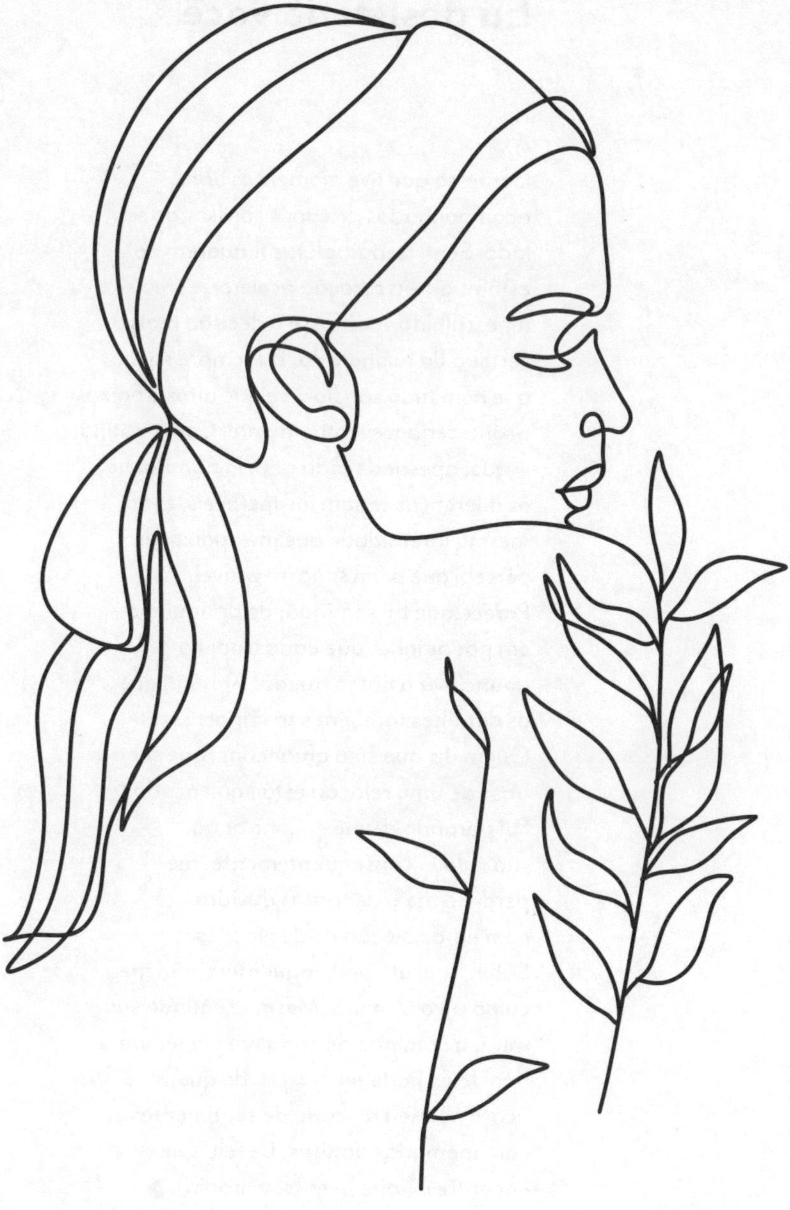

Valorize quem enxerga você por dentro e, mesmo sabendo de todas as suas fragilidades, a apoia, a instrui e fica ao seu lado incondicionalmente. ❥

Deixe para lá aquilo que não agrega.
Deixe ir quem a atrasa.
Deixe de lado as fofocas alheias.
Deixe uma marca em quem você ama.

Só não deixe sua essência de lado
para caber no mundo de alguém. ❥

A generosidade habita naquele que prefere abrir os braços em vez de apontar o dedo. ❥

Em hipótese alguma, faça um julgamento apressado de uma pessoa que vive uma relação abusiva. O que parece muito claro para você é, na verdade, uma prisão sem grades, com muitos transtornos e sofrimentos para o outro. Não cometa esse erro, tenha empatia e se coloque no lugar do próximo. Somente quem está dentro do furacão sabe como é difícil escapar desse mecanismo de manipulação que corrói e suga a saúde emocional. Ofereça carinho, ofereça afago e uma palavra de incentivo. Ajude de todas as maneiras possíveis, sem afundar ainda mais a quem você deseja somente o bem. ❥

Nunca diga que ama alguém apenas para facilitar um caminho enganoso. Só revele que isso é amor quando estiver completamente entregue e alinhada com esse sentimento inexplicável.

Eu sei que você fica questionando os motivos de aquela pessoa não lhe oferecer o melhor dela. Você se doa, insiste e faz de tudo para somar. Mas o resultado é um troco de arrogância e migalhas que não cabem na palma da mão. Comece a dar prioridade a quem trata você como primeira opção. Remova tudo aquilo que não corresponder minimamente às suas expectativas. Quero que enxergue a realidade perante seus olhos e deixe a ficha cair. Não há como ser feliz com quem não é capaz de trocar afeto e reconhecer a sua importância. Eu sei que o sofrimento pode até vir no começo, mas, lá na frente, não haverá nenhum peso no seu coração e nenhuma mágoa que a fará sofrer. Liberte-se!

Quero que você valorize imediatamente o seu potencial e a sua capacidade de superação. Olhe tudo que viveu até aqui e todas as conquistas realizadas. Essas vitórias não foram fáceis, e os seus joelhos não estão machucados à toa. Continue construindo sua caminhada sem medo de que o verbo "fracassar" entre em ação. Reconheça a força de sua persistência e não pare por aqui. O que é seu já está traçado no caminho da vida. ♥

Só é preciso um estalar de dedos quando queremos alguém. A minha Belo Horizonte vira o caminho da roça, e a madrugada de hoje se converte numa tarde de domingo chuvosa, daquelas em que a gente faz questão de ficar grudadinho no outro, sem vontade de se levantar da cama.

Seja aquela pessoa que descomplica as mazelas do mundo e inicie agora mesmo a transformação na vida do próximo. A sua vocação para ajudar demonstra o quanto você consegue mudar positivamente o ambiente em que reside. Seja aquela pessoa que alivia as dores dos amigos e não se importa com a vida alheia. Tem gente que vai trair você, mas não deixe que a essência ruim contamine a sua personalidade. Não corresponda a maldade de quem só recebeu desamor. Seja aquela pessoa que sabe se posicionar sem ofender quem pensa diferente. Tenha a sensibilidade de compreender que todos somos diferentes e que a nossa forma de enxergar o mundo, de maneira divergente, não deve ser motivo para brigas sem sentido. Seja aquela pessoa que enfrenta os problemas do dia a dia e não aceita recuar diante de qualquer dificuldade no percurso. Tenha raça e coragem, toda a sua força e empatia servirão de inspiração para quem estiver ao seu lado. ❥

Deboche é uma ferramenta mesquinha utilizada por pessoas que não encontraram a própria felicidade e tentam fazer pouco caso da conquista alheia. Olhe para o lado, ignore e siga o baile. Seja protagonista. ❥

Essa dor só vai passar quando você finalmente cair do cavalo e notar que a angústia só vai sabotá-la. Enxugue as lágrimas de ontem e de hoje. Há um panorama novo querendo pousar na sua realidade. Tenha consciência de que qualquer grande mudança vai exigir muito de você. Vá colocando um pé de cada vez, sem pressa e sem pressão. Absorva o aprendizado e saia na contramão da amargura. Logo, logo isso vai cicatrizar.

Você não pode se responsabilizar pela insegurança irracional do outro. Se a afeta negativamente, talvez seja melhor abandonar o barco. Não seja o porto das paranoias dos outros. ▸

Não tenha medo de ficar só. Use esse tempo para valorizar sua própria companhia e resgatar algumas das coisas que você mais gostava de fazer. Relacionamentos tóxicos costumam nos deixar num estado de confusão sobre nós mesmos. Recupere sua essência e reconheça os valores que tornam você um ser humano especial. É necessário entender que nem sempre a solidão é ruim. Tudo é uma questão de perspectiva e do quanto você consegue aproveitar esse momento. Identifique em si o que pode melhorar e invista tempo dando valor ao que realmente importa. A falsa necessidade de sempre ter alguém ao lado muitas vezes nos leva a um abismo, afastando-nos do melhor que podemos ser. Deixe a lucidez tomar conta desse instante rumo à maturidade emocional. A relação mais importante que você deve ter é consigo mesma.

É preciso rir das pequenas coisas, sabe?

Deixar de lado
os problemas
por alguns segundos

e escancarar uma risada de um lado ao outro do rosto.

É daí que nasce a beleza do ser
humano, o polo positivo do ímã que
só com o olhar já altera a vida dos
que estão ao redor. Aposte nisso.

Sabe, eu acho um charme quando você meio que segura o sorriso e solta num desses *boomerangs* no Instagram. Seja pela admiração da própria beleza ou pelo charme que você sabe que tem. Tenho certeza de que essa autoestima toca quem tem o privilégio de ver você e acaba deixando o meu dia mais leve. Tenho a sensação boba de que a conheço, e talvez, quando estiver lendo esta página, o nosso encontro já tenha acontecido. Venho apostando em tantos recomeços, que não consigo deixar essa expectativa de lado. Isso não tem nada a ver com você, tem tudo a ver comigo. Torço para encontrar esse sorriso de perto, mas, se não der, já valeu a pena esta página preenchida de inspiração. ❥

Tô numa fase da vida bem leve. Deixei de me cobrar tanto e percebi que assim consigo crescer ainda mais. Estou me ocupando com sentimentos serenos e pessoas tranquilas. Não me importo mais com as picuinhas do cotidiano. Tem tanta coisa especial para se viver que não compensa se desgastar com os detalhes pequenos da vida. Levantei a cabeça e tapei os ouvidos, passará despercebido quem disser que eu não consigo. ❥

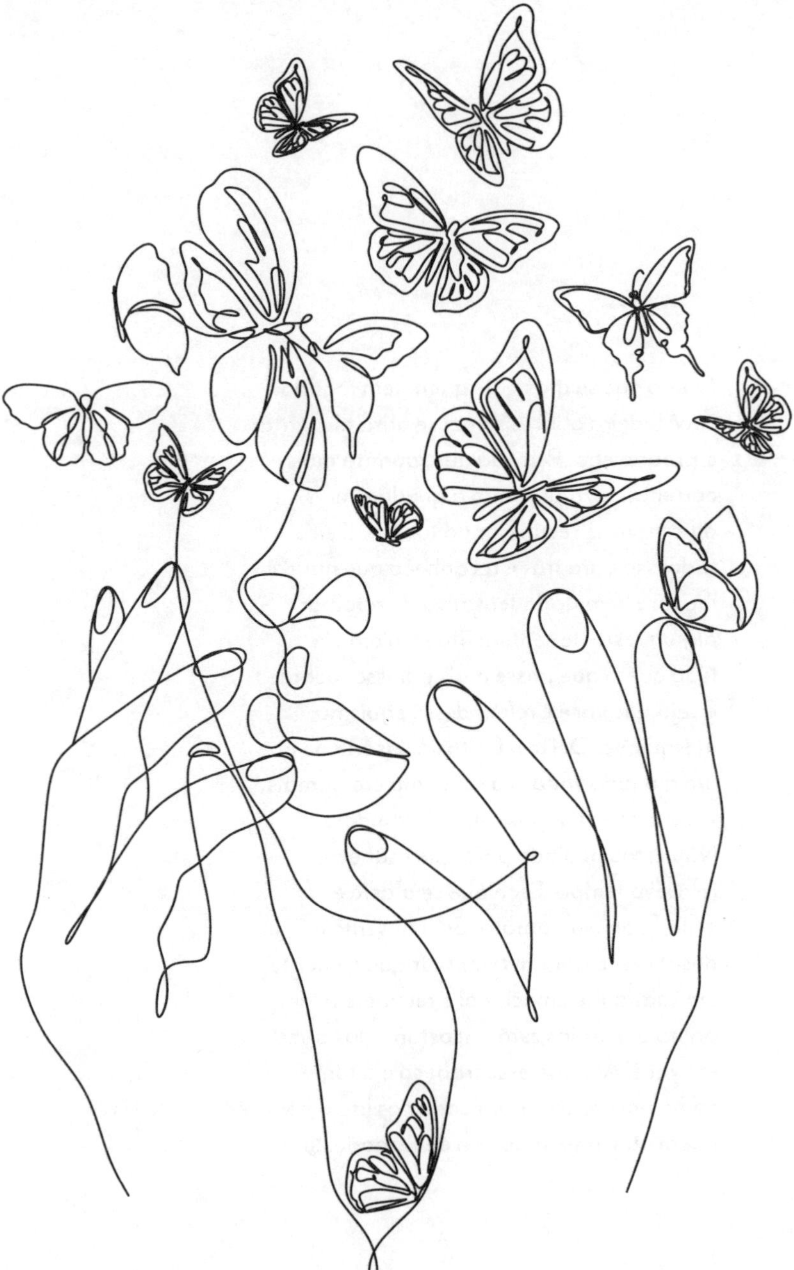

Quero que se afaste de quem tem jogado você ladeira abaixo somente para alimentar o próprio ego. Perceba que, quanto mais correr atrás, maior será a queda e mais difícil será se recuperar do tombo. Deixe tudo isso para trás e reconheça que nunca lhe fará bem, toda tentativa de retomar algum resto de sentimento será em vão. Não quero que passe mais por isso, acorde e veja que você é refém desse egoísmo mesquinho. Deixe a fantasia ilusória de que um dia tudo voltará a ser como era, jamais vai acontecer. Aceite, imediatamente. Não estou pedindo para que esqueça, isso leva tempo. Peço que se afaste e evite qualquer contato. Seja ausente e desapareça por um tempo, foque somente em sua saúde emocional e recupere o brilho que todos estão acostumados a ver em você. Assuma esse tropeço e o tome como um impulso para cortar os laços com quem nunca se importou de verdade. ❥

Pare de remoer qualquer sensação que a magoou no passado. Isso não vai acrescentar nada e acaba colocando você num abismo sem volta. Descarte todo o lixo que recebeu e recicle seus sentimentos, reutilize-os apenas para promover o bem. ❥

Maturidade é compreender, definitivamente, que por mais que aquela pessoa tenha feito bem, o tempo de permanência dela em sua vida chegou ao fim. É aceitar que a saudade será a única sobrevivente nesse processo de amadurecimento pessoal. Eu sei, isso tudo dói profundamente, mas lá na frente você há de compreender os desígnios pelos quais a vida nos obriga a passar, ainda que você não tenha consciência disso neste momento. ❥

a gente pressente quando vai acabar,

se acomoda,

e m p u r r a com a barriga,

fica ausente,

faz pouco-caso,

desaparece o diálogo,

deixa morrer de fome o amor,

todo fim é assim...

acontece antes do término.

Não descarregue no outro as inseguranças do passado, abandone todos os tormentos que viveu até aqui. Eu sei que você já aceitou pouco e sofreu muito até conseguir se recompor. Essa prisão só atrapalhará os seus planos de ser feliz e transbordar sentimentos com alguém que acabou de aparecer.
A tentativa de se afastar não a fará progredir, destrave qualquer bloqueio sentimental e se jogue com um pé atrás mesmo. Afinal, relacionamento nenhum pode dar certo sem que as duas partes se exponham um pouquinho. Todo medo em excesso acaba gerando um medo maior ainda.

Todas as assombrações afetivas do passado devem ser erradicadas. Cure-se! ❥

Cuidado com quem diz que não está no mesmo momento que você. Ninguém está preparado para namorar, isso simplesmente acontece de forma involuntária. A hora certa é quando os dois se encontram e estabelecem uma conexão alinhada com o desejo mútuo de estarem unidos.

Ou seja:

se o outro for escorregando aos poucos e mantiver você enfeitiçada nesse joguinho baixo, é sinal de que você nunca será correspondida à altura. Por mais que exista um encantamento, *você precisa desistir urgentemente disso para evitar um sofrimento ainda maior no futuro.*

Às vezes você só quer ter alguém em que possa confiar para abrir os segredos do coração. Tenha paciência e só admita que fique na sua vida quem estiver seguro de permanecer desde o início. ❥

Não se cobre tanto para que tudo esteja bem a todo instante. Sei que alguns dias são mais pesados que os outros e que você vai acabar se sentindo insuficiente e sem forças para se erguer. *A fraqueza que você sente hoje não diminui a sua força.* É impossível ser feliz todos os dias. Quando a sua risada estiver adormecida, solte o choro e deixe essa emoção extravasar, procure abrigo no colo de alguém em quem você confia. Dentro desse caos também pode existir uma zona de controle. Restaure sem pressa o brilho que habita o seu cotidiano. Posso não saber qual a sua religião, mas peço que tenha um pouco de fé. *Isso também vai passar.* 🖤

Não se apegue a um delírio fantasioso de que o problema é o seu jeito de ser. Cada vez que tenta se encaixar onde não há espaço, a sua essência se afasta e encolhe. *Pare de se diminuir em busca de alguns trocados sentimentais.* Não importa que tipo de mudança aconteça, você nunca encontrará reciprocidade no peito de quem não aceita o seu jeito de ser. Recomponha-se agora mesmo e siga a sua intuição. O reencontro consigo mesma será gratificante. ❥

Seguir em frente não é tocar o foda-se e sair pegando todo mundo

Apesar da indignação de ter sido passada para trás, você deve observar a sua trajetória e não cair na armadilha de querer descontar ficando com "Deus e o mundo". Deixe essa farsa de lado, eu sei que você não encontrará respostas em outras bocas. Recolha-se e tire um tempinho para processar o desânimo de ter tropeçado mais uma vez. Longe de mim querer julgá-la, afinal, eu também passei por isso e entendo a agonia. Só peço que transforme imediatamente o rancor em uma limpeza interior. Faça as pazes com o autorrespeito. Pare de se torturar por algo que não estava ao seu alcance, deixe o coração leve. ❥

Experimente se apaixonar novamente pela mesma pessoa e descubra que reacender essa chama é uma dádiva restrita a poucos. Se tem sentimento, não complique, reencontre dia após dia a graça de ter ao seu lado alguém que a faz transbordar há tanto tempo. Relembre os momentos bons do passado, planeje as aventuras do futuro e vá lá agora roubar um beijo no tempo presente. A vida é muito curta para deixar essa sintonia esfriar. ❥

Deixa eu conhecer a sua alma
de um jeito que ninguém conseguiu,
sem máscaras, sem armaduras.
Deixa eu descobrir seus medos,
a razão do seu choro à noite.
Prometo um colo para lhe confortar.
Deixa eu passar da superfície,
faça meu ombro de confessionário.
Ofereço minha cumplicidade.
Deixa eu me conectar,
não quero somente um pedaço,
desejo o banquete inteiro.

Tem gente que chega e faz a vida virar do avesso. É uma bagunça positiva, sabe? Você está ali quietinha, seguindo a rotina, e, do nada, a pessoa surge, ganha e revira seu mundo inteiro num estalar de dedos. *Um jeito intenso de quem não tem medo de nada e sempre foi desprendido de qualquer desassossego.* Abre as janelas do que é mais íntimo, sem sequer pedir licença, e faz morada. Oferece conforto e mansidão, ao mesmo tempo que revira as convicções que estavam intactas. Tive que me render, afinal, o que mais me restou?

Destrua o mito de que ser uma mulher
"encalhada" é sinônimo de infelicidade. Afinal,
olha você aí toda independente e cheia de si.
Eu a vejo e percebo que o mundo é seu. Sei
que, no fundo, você também reconhece isso.
Não digo que você é um mulherão só
por não aceitar um amor meia-boca, vai
muito além disso. *É sobre inspirar outras
mulheres a trilhar o próprio caminho e não
se desiludir com todas as pressões sociais que
insistem em forjar um padrão frustrante.*
Eu só peço, por favor, que continue espalhando
essa essência pura e libertadora. ❥

Pedir tempo no namoro é apenas uma maquiagem superficial que esconde a falta de coragem para terminar. Essa covardia gera um desgaste emocional desnecessário, enquanto uma das partes ainda tem a fantasia vazia de que tudo pode voltar a ser como era antes. Perceba que, apesar dos altos e baixos de qualquer relação, se não teve força suficiente para se manter, é questão de tempo para acabar de verdade.
Sei que o seu coração ficará partido por um tempo, ainda mais pela ilusão criada. Sendo assim, o melhor a fazer nesses casos é enxergar o fim como um livramento para a sua vida. Afinal, aquele entusiasmo do começo já estava fadado ao fracasso no futuro. ❥

Abra os olhos e entenda que esse relacionamento jamais daria certo. Não reproduza a narrativa de que quem está ao seu lado só precisa amadurecer, e que lá na frente vai perceber que deve valorizá-la. Compreenda que toda essa indecisão é o reflexo de que a pessoa escolheu não corresponder à altura. Pare de infantilizar a sua companhia. Reconheça: toda essa insegurança é indicativa de que ele não gosta tanto assim de você. Pare de se agarrar a justificativas pobres que não levarão a lugar nenhum.

O seu precioso tempo de vida continua indo pelo ralo. É hora de decidir se realmente deseja continuar com alguém descuidado, que jamais terá reciprocidade com o que você sente. ❥

Bom mesmo é encontrar alguém que a entende sem qualquer julgamento, alguém que, mesmo de longe, percebe que você não está bem e sabe exatamente quais palavras dizer para confortar. Gosto de gente que tem essa maturidade, que enxerga além do próprio umbigo e tem disposição para escutar o próximo com sensibilidade e atenção.
Não adiantam somente os beijos, carinhos e risadas nos bons momentos. Ter compreensão e solidariedade com o outro é o caminho para qualquer vínculo afetivo profundo.
A escassez de gente assim me assusta. Então, agarre e valorize quando encontrar uma dessas raridades.

Destitua o desejo de vingança,
ele só gera mais dor,
invista no perdão,
deixe essa aflição se esvaziar,
seu espírito ficará leve,
não mude seu jeito,
invista ainda mais em você,
seu caráter acima de tudo,
não feche seu coração,
seu caráter vale mais,
seja a melhor versão de si mesma.

Deixe qualquer tipo de ressentimento para trás, carregar esse peso consigo só vai lhe fazer adoecer. Olhe para o passado como um aprendizado importante. Cada pessoa que atravessou seu caminho adicionou algum tipo de conhecimento a respeito de você e do mundo. Não estou pedindo para esquecer os vacilos. Seria exigir demais neste momento. A minha demanda aqui é para que você reconheça que em cada estrada tortuosa o condutor se aperfeiçoa e erra menos. Esse processo pode ser transformador. Veja por outra ótica e permita que o crescimento pessoal ocorra, mesmo com esses arranhados no peito. ❥

A saudade que você ainda sente não é uma justificativa plausível para voltar atrás e dar uma nova chance. Não peça para sofrer mais uma vez nas mãos de quem nunca fez muita questão de valorizá-la. Esqueça essa história e resista à tentação. Aposte no tempo como o seu aliado e se solte de qualquer amarra que ainda a prenda a esse passado desagradável. ❥

Não é o buquê de flores que desperta
a paixão no outro, não é o sorriso que
gera o encantamento agudo. Todo afeto
nasce das pequenas atitudes, de como
enxergamos e mudamos o mundo ao redor.
É no jeito de tratar o garçom, na empatia
com quem tem alguma dificuldade e,
além de tudo, na capacidade de estender
a mão sem precisar de nada em troca.
O tesão começa nos gestos inesperados,
nos valores que transformam o ambiente
num lugar harmonioso, de pouco em
pouco a conexão vai se estabelecendo e
o nível de atração vira um complemento
que amarra tudo direitinho, num
laço intenso entre as duas partes.
Avalie agora mesmo e se questione:
o que você tem feito para aperfeiçoar
o espaço que habita?
Busque a sua melhoria individual.
Pessoas boas atraem pessoas boas:
quanto mais generosidade tiver, mais
surpresas positivas aparecerão. 🖤

Seja exigente mesmo, você não merece um amor meia-boca, desses que se encontram em qualquer esquina. Não aceite tão pouco, afinal, uma companhia deve atender minimamente às suas demandas sentimentais. Busque alguém que seja um parceiro incondicional, que saiba o momento de se afastar e de ficar pertinho. Não estou pedindo que você idealize um amor utópico. Todo mundo vai errar em algum momento, inclusive você. Só não desejo que tenha menos do que merece, que tropece e caia numa dessas ciladas da vida. O lance de amores líquidos virou uma epidemia, talvez você viva um drama temporário até achar alguém que a transborde fortemente. Apesar desse caos de relações frágeis, não desista e jamais se submeta a receber tão pouco de alguém. ❥

Alguns tipos de ausência são como buracos na alma, doem até que não haja mais lágrimas para chorar. A gente sente falta, acha que não encontrará mais ninguém que amou daquela forma. Sim, a dor ainda vai latejar por um tempo, e é importante que você descarregue essa aflição. Procure o colo da família, dos amigos e de quem mais estiver disposto a entender e ter paciência com você nesse momento delicado. Lá na frente você perceberá que esse era o rumo certo a ser tomado. As ausências machucam, mas são necessárias para o nosso aprendizado. ❥

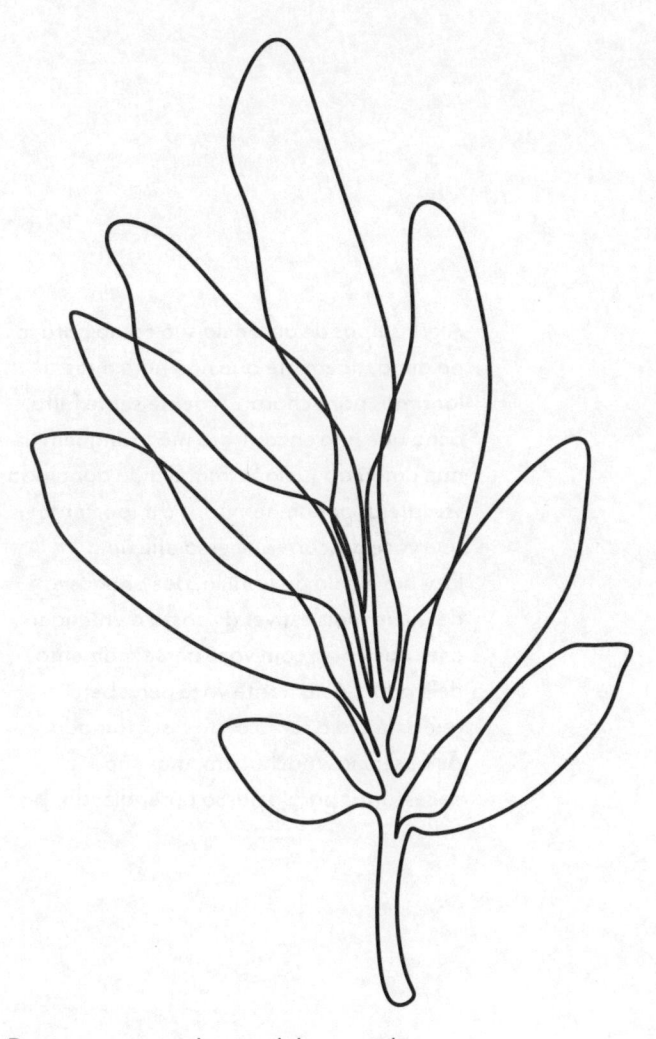

Pegue um pouco dessa solidão, recicle, reinvente-se e transforme-a em simpatia. Não deixe que a timidez a impeça de experimentar o íntimo de cada ser humano que atravessa o seu caminho. ♥

Há muito tempo ela deixou de ser aquele tipo de garota influenciada pelos outros, decidiu fazer suas próprias escolhas, assumindo as consequências que vierem. Entendeu que ninguém tem autoridade de apontar um caminho restrito e sem chances de curvas, afinal, ela adora a adrenalina de dirigir acelerada na orla da fase que está vivendo.

Ela é um *mix* de marrenta e chorona, em que a intensidade floresceu quando notou que o julgamento alheio viria de qualquer maneira, independentemente do tipo de comportamento que tivesse. Foi assim que descobriu a importância de ser leal a si mesma. Guardou todos os preconceitos na estante do passado, o véu caiu, enxergou um universo renovado e se jogou nele. Sem nenhum medo de ser feliz.

Seja fluente em ajudar o próximo. Treine primeiro com as palavras de conforto, depois tome atitudes reais que o motivem a se reerguer.

Tenho um orgulho imenso de você. Ver você sorrindo por aí me deixa tão bem. Só nós dois sabemos quantas vezes você teve que forçar um "bom-dia" educado para disfarçar aquela tristeza. Bem que eu lhe disse, isso passaria e ele iria se arrepender. Pois é, o tempo curou toda a mágoa e agora ele fica feito cachorrinho atrás de você. É até engraçado, né? Ah, mas como é bom ver essa aura de alegria e força que você exala, obrigado por confiar os seus segredos a mim, que bom que ajudei dando esse empurrãozinho. *Quero ver você sempre assim, Papai do Céu a fez para sorrir e ser feliz, você não merece menos do que isso.* 🖤

Deixe que o tempo diga que hora o amor vai chegar, não procure uma sensação que acontece sem data marcada. Forçar um caminho para se apaixonar acaba sempre em um fim que tende a vir com toneladas de frustrações. ❥

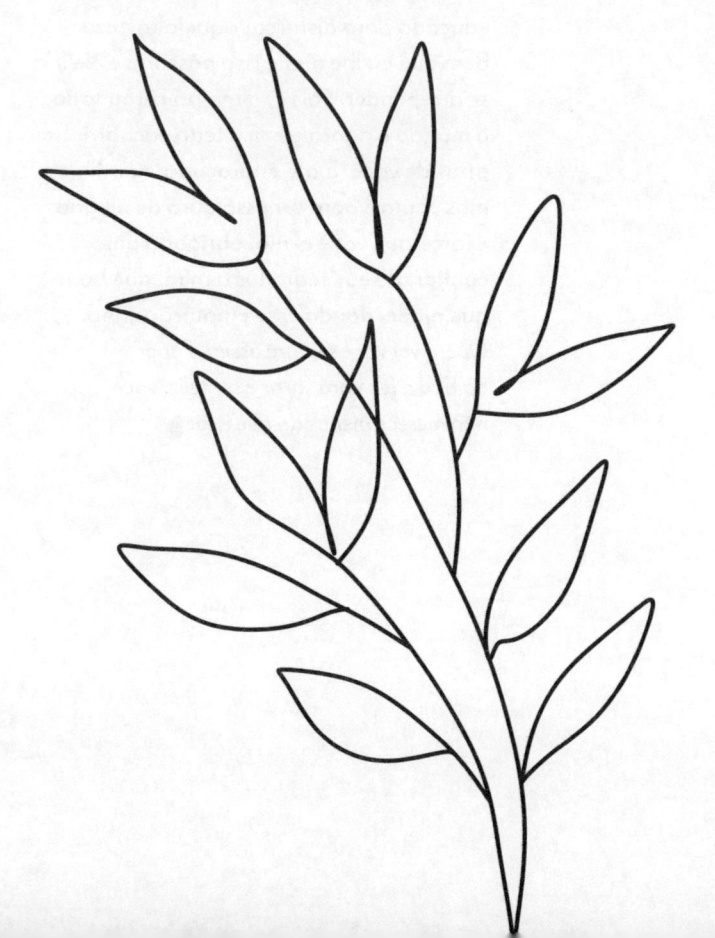

Não se apegue aos restos sentimentais de alguém. Quanto mais você aceitar ser o tapa-buracos de uma relação mal resolvida, maior a chance de o outro voltar para o passado e você quebrar a cara no presente. Seja responsável consigo mesma e avalie muito bem se a exposição pode virar um fracasso daqueles difíceis de superar. ❥

Seja a maior fã do seu amor, sem rodeios,
sem receios e sem medo de se expor. Elogie de
forma espontânea, faça surpresas, ligue para
saber como tudo está. Comece a enraizar a
sua presença na vida do outro. Deixe que o
seu único temor seja não demonstrar o quanto
o toque entre vocês transforma o seu dia.
Ofereça um colo quando algo de ruim
acontecer e extravase na mais alta
intensidade durante as conquistas que hão
de vir. *Viva todas essas sensações na máxima
potência, sem arrependimentos, e usufrua da
dádiva que é ter alguém para compartilhar
as dores e acompanhá-la nas vitórias.*
Escape dos erros, fuja dos vacilos
e livre-se das tentações.
Valorize quem se tornou o
resultado das suas orações. ❥

A infidelidade começa quando uma mensagem é apagada sem que o outro saiba, é o flerte travestido de um diálogo amigável repleto de segundas intenções. Não precisa de beijo, de toque ou de sexo. Evite transtornos para a sua consciência, pois qualquer traição é, antes de tudo, enganar a si mesma.
Insisto nesse lance de responsabilidade afetiva com o próximo. Tenho dito. ❥

É hora de erguer seu queixinho e não permitir que a lágrima caia. Eu sei que você não mediu esforços para que desse certo, mas a vida nem sempre é como queremos, os tombos acontecem. Você lutou, batalhou, se entregou, e, no fim, ainda pisaram nos seus sentimentos. Não aceite que a dor seja forte a ponto de gerar um sentimento de vingança. A sua essência vale muito mais do que isso. Continue dando o seu melhor para o mundo. As feridas cicatrizam, e o jeito como você muda o mundo para melhor é eterno. Seja resiliente. ❥

Não que eu queira fazer proselitismo sobre o amor-próprio, mas você já percebeu como é bom se amar sem estar amarrada a alguém? Essa é uma das mais puras formas de valorizar a si mesma. Sem coleiras e sem submissão. Quando você descobrir essa direção, tudo se tornará um caminho sem volta. ♥

Notas de promessas

Juro, serei eu mesma com todos os meus defeitos e qualidades. Serei eu mesma com minhas malícias de uma sexta-feira à noite e a doçura de um domingo de manhã. Serei eu mesma na sua e na minha tristeza para amaciar as dores da alma. Serei eu mesma no prazer e no desejo de possuir você. ❥

Só química não basta, só o beijo de outro mundo não é suficiente. É necessário que vá muito além, numa mistura única de fazer tudo dar certo, superando as diferenças, com a inquietação de ser o melhor para si e para o outro. Não deixe que essa conquista se dissolva na primeira frustração. O desafio de compartilhar a vida com alguém passa exatamente pelo desafio de superar as adversidades que surgem no percurso. ❥

Ela é a personificação da intensidade, nunca soube distinguir o que é o meio-termo e talvez tenha errado por não perceber o momento de puxar o freio e refletir. Ela é a própria correnteza, o fluxo que corre incessantemente e não suspende nenhuma das suas aspirações para conhecer o mundo. Ela é a chegada de um sentimento desavisado, a bagunça que remexe os porões da alma de quem possui a dádiva de contemplar a sua presença. ❥

Não se cobre tanto por não ter alguém ao lado. Muitos vão julgar a sua solidão como uma frustração emocional, mas é melhor ficar só do que se submeter a um relacionamento destrutivo que não lhe vai agregar nada. Desfrute da sua própria companhia. O melhor sempre estará por vir. Lembre-se: a pressa é irmã do fracasso, e você nasceu para transbordar com alguém que corresponda a todas as sensações que tem para compartilhar. 🖤

Em hipótese alguma aceite ou suporte amores pela metade. Você precisa de alguém que saiba compartilhar os momentos da vida na intensidade que faça valer a pena nos mínimos detalhes. É preciso que um apoie o outro, torça pelo outro e, principalmente, sinta-se feliz pelas conquistas do outro. Cuidado com quem só critica e nunca aponta nada de positivo. Relacionamento é para deixar tudo mais leve, não para atrapalhar a sua evolução.

"Esteja em uma relação pela qual vale a pena lutar. Mas jamais fique em um relacionamento se você é a única parte que está lutando por ele. Quem cuida por dois, no fim, sofre dobrado."

Perdoe para se livrar de qualquer carga emocional, nem sempre o perdão é sobre o próximo. Liberte-se das amarras do rancor e entenda que, apesar de você ter dado o seu melhor, ainda existe a possibilidade de se magoar. Perdoe também por você.

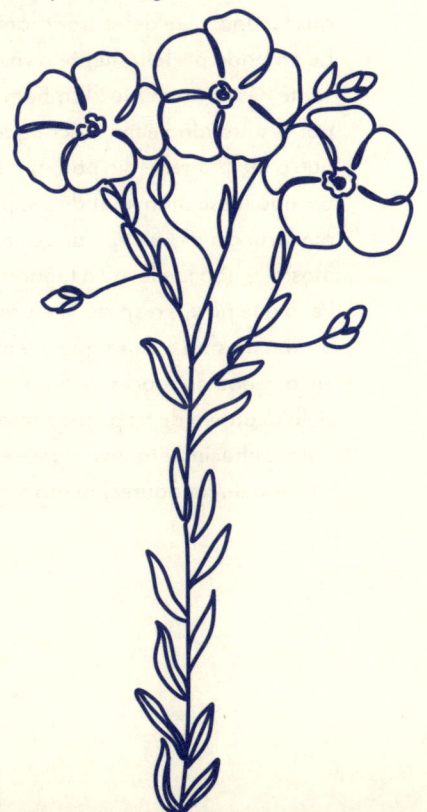

Pare agora mesmo de tentar suprir a sua carência experimentando o gosto de várias bocas diferentes. *Não serão as noites viradas e os beijos desenfreados que farão você reencontrar um panorama para sua vida afetiva.* Acorde e pare de se iludir com a falsa sensação de que o prazer momentâneo vai preencher alguma das lacunas que desmoronaram no passado. Eu entendo perfeitamente o vazio que você sente neste momento. Também transitei por essa solidão e me machuquei, achando que o melhor remédio para um coração partido fosse uma multidão superficial que me fornecia algum tipo de carinho fugaz, mas que não me levou a lugar algum.
Peço que pare e respire. Tire um momento para si mesma e deixe que o tempo se encarregue do processo. Saia desse ciclo negativo de tropeços e aposte no autoconhecimento: aventure-se nessa jornada de amadurecimento individual. ❥

Psiu,

Quanto mais você se desdobra para caber no mundo do outro, mais a sua essência vai se encolhendo. Pergunte a si mesma até onde vale a pena tentar se adaptar para, quem sabe, ter o reconhecimento de alguém que não está tão a fim assim de ter a sua presença. Reconheça, seus defeitos e qualidades fazem de você essa pessoa extraordinária, e, se não necessitam ter você assim por perto, todo o esforço para se ajustar ao outro pode estar sendo em vão. ❥

Vou na contramão do senso comum e afirmo que homem não tem medo de mulher independente. A questão aqui é que existem pessoas que só querem se aproveitar da fragilidade e sugar o máximo possível do outro diante desse contexto. Entretanto, quando um homem desse tipo se aproxima e percebe que encontrou uma mulher dona de si e segura de quem é, ele prontamente se afasta e não se arrisca a ser desmascarado por ela. Quanto mais empoderamento feminino houver, menos os embustes terão a capacidade de afetar negativamente o universo. ❥

Eu sei que o medo da solidão a assombra, entretanto, você precisa abandonar essa relação fracassada que só consome e suga pouco a pouco a energia que a fez feliz. Recupere aquela força que motivava você a ser melhor. Tenha coragem suficiente para romper o processo de frustração constante. Sim, a insegurança de ficar sozinha dá agonia, mas entenda que esse momento deve ser encarado com paciência, em um processo de autoconhecimento.
Olhe para o passado: mesmo possuindo uma imensidão de valores e sentimentos, você se acostumou a aceitar muito pouco para ter alguém ao seu lado lado.
Não se amarre à concepção fajuta de que a solteirice é sinônimo de rejeição, compreenda que essa escolha é uma bênção no caminho do conhecimento pessoal e que quem vier daqui para a frente terá que somar muito. 🖤

Apesar das tentativas de me derrubarem,

RESISTO.

Balanço, *mas fico firme.*

Sei que os meus ombros suportam qualquer peso.
Minha base vem de cima,
não estaria de pé se o Criador não quisesse.

Quero que você tenha essa fé também.

Nunca se esqueça, você é uma vencedora por ter chegado até aqui. A sua capacidade de superar os obstáculos deve ser um mantra para sua vida. Creia na intensidade das suas conquistas, na resiliência daqueles que vão na contramão dos bons costumes, e na sua resistência de acreditar que as pessoas estão perdidas e que um dia poderão ser melhores. ❥

Ei, não desanime. Eu sei que um dia você
vai encontrar uma pessoa que tenha as
mesmas expectativas que você, que vai
querer estar junto sem joguinhos e sem
ilusões. Deixe o tempo fluir, aproveite e
espere: o que é seu virá até você. Reconheça
o mulherão que você se tornou. Olhe para o
espelho refletindo cada curva do seu corpo,
valorize as *dobrinhas* e o brilho nos olhos
que a deixam mais plena no dia a dia.
Não se cobre tanto. Você é única no mundo,
não se esqueça disso. Invista só naquilo
que tem reciprocidade. Ocupe o coração
com coisas boas e que fazem sentido para
você. Construa relações saudáveis, que
a impulsionem para a frente. Remova
da sua alma tudo o que atrasa e causa
choro. Cultive apenas o que a faz sorrir.
E lembre-se: não peça desculpas ou se
justifique por querer ficar sozinha. Ser solteira
também é sinônimo de amor-próprio. Só a
gente sabe a hora certa de se aventurar em
um relacionamento. Ninguém tem nada
com isso. Abuse da sua independência. ❥

Saber a hora de desistir faz parte. Não adianta ficar insistindo em algo que nunca irá para a frente. Eu sei que às vezes você tem cabeça-dura e coração mole, mas é hora de enxugar essa lágrima no canto do seu olho. Não ofereça suas lágrimas a quem não merece sequer seu sorriso. Reconstrua-se e se perdoe por ter aceitado as migalhas do passado. Hoje, você é uma mulher totalmente transformada e sabe reconhecer o tamanho da sua força. O mínimo que merece é um banquete de reciprocidade. Tenha essa consciência daqui em diante, há um novo panorama afetivo abrindo-se para você.
Permita-se! ❥

Aprenda a respeitar o seu limite e não se machuque tanto assim. Enfrente as desilusões do passado em silêncio, elas foram responsáveis para que você abrisse os olhos e descobrisse alguns falsos amigos. Não existe dor maior do que ser apunhalada por quem menos se espera. Retire as toneladas de rancor do seu peito, não se afogue em sentimentos perversos. A vingança é um caminho que pode deixar cicatrizes ainda maiores.
Pondere e agradeça por esse aprendizado, no fim, foi um livramento. Tudo poderia ser ainda pior em longo prazo. Seja grata até mesmo dentro de um cenário perturbador. ❥

Não importa quais sejam as circunstâncias, há sempre uma luz que iluminará os momentos mais sombrios. Creia no seu potencial e reme sem medo. Só pisam em terra firme os que são dotados de coragem. ❥

Não mergulhe na vida das pessoas indecisas que estão agarradas ao passado. Não construa um vínculo sentimental com quem ainda se abala ao remexer as gavetas antigas. O risco de você sofrer é altíssimo. Relações assim costumam ser destrutivas, e a corda provavelmente romperá para o seu lado. Invista somente em quem não tem nenhum tipo de dúvida, que respeita e supera as pontes que levaram até você. ❥

Assuma um compromisso consigo mesma e se faça um elogio por dia. Levante esse queixo, impulsione todas as formas de amor-próprio possíveis e reconheça a diferença que você faz no mundo. Essa transformação é um caminho sem volta, às vezes tudo de que precisamos está em um recomeço. ❥

Libere a sua mente de emoções venenosas e perceba que você tem uma única vida para usufruir. Aventure-se no presente e não exija tanto de você. Suas escolhas não precisam ser perfeitas, só devem lhe satisfazer. Encare todo esse percurso como um desafio que vai trazer bons frutos. Reclame menos e aproveite mais. Tenho certeza de que você pode tirar alguma coisinha positiva de cada dia da sua história. ❥

O fato de ele voltar exatamente no momento em que você está bem, sorrindo, saindo, flertando e se amando, é o reflexo claro de que isso se trata somente de ego. Repare, não existe nenhum tipo de sentimento autêntico, tudo isso só se trata de ego ferido e de enxergar você como propriedade. Não se engane com essa falsa demonstração de paixão. ❥

HÁ VAGAS

Para pessoas responsáveis com o próximo, que tenham capacidade de somar, seja num bom-dia sorridente ou oferecendo colo para afagar a dor de quem sofre. Exigimos um currículo sem pessimismo e com um coração afeito à generosidade. As únicas experiências indispensáveis são o respeito ao companheiro e a gratidão com as pequenas coisas da vida.

Ei, sabe aquele joguinho de dar um
gelo para ver se ele corre atrás? Pare!
Você vai mexer apenas com um ego
ferido e frágil. Ele pode até procurar um
pouquinho, mas, depois que conseguir o
que quer, voltará a ser o mesmo embuste
de sempre. Reflita comigo, uma relação
profunda e genuína não precisa de
nenhum tipo de jogo para ser construída.
A felicidade não pode coexistir
com uma guerrinha de egos. ❥

É hora de assumir e irrigar com afeto esse relacionamento. A vida costuma ter voltas e tombos irreversíveis. Não arrisque perder quem o próprio Deus enviou para sua vida. Cuidado, existem desistências que podem fazer com que você se arrependa para sempre. ❥

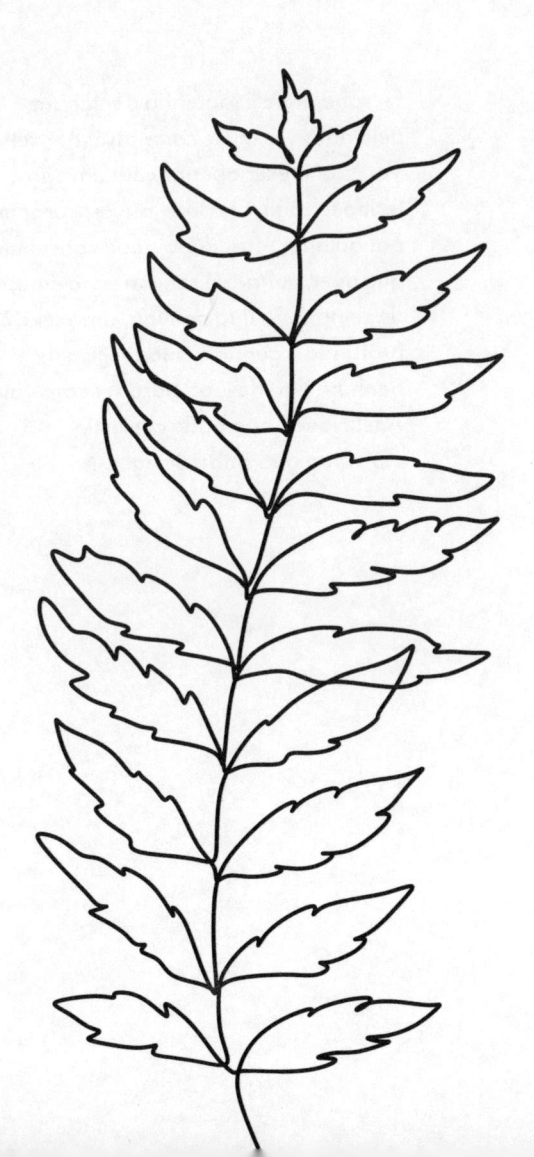

Se ele ligou e ficou uma hora falando dos problemas pessoais e chorando todas as pitangas no seu ouvido, isso não significa necessariamente que você tenha assim tanta importância na vida dele. Talvez ele só esteja usando você para um desabafo, fazendo-a de porto emocional. Não se iluda com tão pouco, afinal, todos sabemos que, no máximo, você é só mais uma na lista de contatos que ele explora, seja na cama seja no coração, o que costuma ser pior ainda. Não construa expectativas em quem só lhe procura em momentos ruins. Reconheça que essa energia só vai sugar suas energias e, no fim, você provavelmente ficará sozinha. ❥

Sempre tem aquele *boy lixo* que vai subtraindo aos pouquinhos a autoestima da companheira. Isso tudo é o reflexo da insegurança que ele tem sobre si mesmo. A manipulação chega a tal ponto que faz a mulher se sentir um nada e imaginar que ninguém vai gostar dela como ele. Tome consciência da realidade e rasgue esse mecanismo em pedacinhos. Não permita que ninguém se vitimize e deposite o peso das próprias frustrações em você. ❥

Não adianta mais ficar insistindo. Seu joguinho barato e fútil não tem mais o poder de manobrar o sentimento alheio. Você perdeu a chance de valorizar um diamante que possuía em suas mãos. Tenha o mínimo de sensibilidade e amadureça. É hora de crescer emocionalmente e se aprofundar sabiamente numa relação. Deixar de lado os caprichos indecentes estimula a capacidade de despertar que o outro tem a oferecer. ❥

Eu sei que você é dessas pessoas que cuida de todos ao redor e quer ver o mundo inteiro feliz. Fico encantado com esse amor ao próximo, mas quero fazer umas perguntinhas: "Você está se cuidando?". "Como vai esse coração?" Só quero mesmo saber se você está bem e tem dedicado um tempinho aos seus desejos. Cuide de você também, tá? Não se esqueça da relevância de agradar a si própria. ▶

Mesmo que o motivo seja pequeno,

o sorriso há de ser imenso.

Quando deixo de olhar apenas para o meu umbigo, e reparo no brilho do outro, sei que estou começando um processo de amadurecimento sem volta. Importar-se com o próximo é fundamental para que eu suba degraus na lógica do amor e tenha a capacidade de produzir a diferença que eu pretendo fazer no mundo. ❥

A gente só deve insistir em quem faz acontecer, em quem tem fé naquilo que pode dar certo. Se eu perceber que a pessoa tem dúvida, caio fora e parto para outra. Essa vida é tão curta para perder tempo com gente sem personalidade e que tem medo de arriscar. Há muito tempo desisti de aceitar tão pouco.

Que eu tenha serenidade para agradecer
pela vida, pelos amigos e pelo amor
encontrado nas pequenas coisas do mundo.
Que eu seja responsável ao pedir pelo bem
do próximo e que nunca esqueça de orar
ajoelhada pelas minhas conquistas.
Muitas vezes, esquecemos das dádivas
concedidas e, por algum deslize, a gratidão
fica recolhida e acorrentada ao egoísmo.
Por isso, nunca hesite em reconhecer
essas bênçãos. Além das palavras,
saiba retribuir e tome alguma atitude
que ampare os mais necessitados. ❥

Não sei lidar com quem não me provoca um sorriso. A apatia do outro deixa o clima obscuro e acaba ofuscando o tesão de desvendar os mistérios que me propus a vivenciar. Deixe essa cara feia para trás e mude as expressões do seu rosto. Uma risada é acompanhada de olhos que agraciam o ambiente. ❥

Psiu, este texto é para você que tenta ser forte e imponente o tempo todo. Eu sei que você aguentou muita pancada da vida e das outras pessoas, mas chega um momento em que é preciso descansar e dar um tempo de tudo. Isso mesmo, tome um banho quente, abra o chuveiro e deixe as lágrimas correrem como se toda a negatividade saísse de você. *Esqueça as mentiras, toda ilusão que foi criada em torno daquela pessoa que se demonstrou outra ao longo do tempo.* Eu sei que lá no fundo há mágoas que vão sair com esse choro. Sinta a dor que deixa o seu corpo nesse exato momento. Encontre o colo dos amigos, os sorrisos dos que a querem bem. Eu sei que dói, né? Mas garanto que não é o fim do mundo. Seu coração vale muito mais do que essa "dorzinha" de hoje. E, se precisar, você pode contar comigo para desabafar. Logo, logo as sementes do seu sorriso nascerão e ele brilhará novamente como um raio de sol no seu rosto. ❥

Não importava quantas vezes tropeçava e ia ao chão. Levantava com um sorriso no rosto. Desde sempre era forte, resiliente e durona assim. Brincava com os meninos e, até um tempo atrás, eles brincavam com os sentimentos dela. Foi então que se levantou pela última vez. Sorriu novamente e sabia que dali em diante não cairia mais. Só se apaixonaria pelo que fosse recíproco. *Incentivou essa lição para todas.* ❥

Afaste tudo aquilo que a deixa mal.
Livre-se do que ofende e não gera prazer.
O mundo tem muito mais a lhe oferecer,
abra a cabeça e saia dessa bolha. Há uma
infinidade de pessoas dispostas que podem
permitir ocasiões inesquecíveis. Observe
com cautela os pequenos gestos que podem
exercer alguma diferença na sua vida.

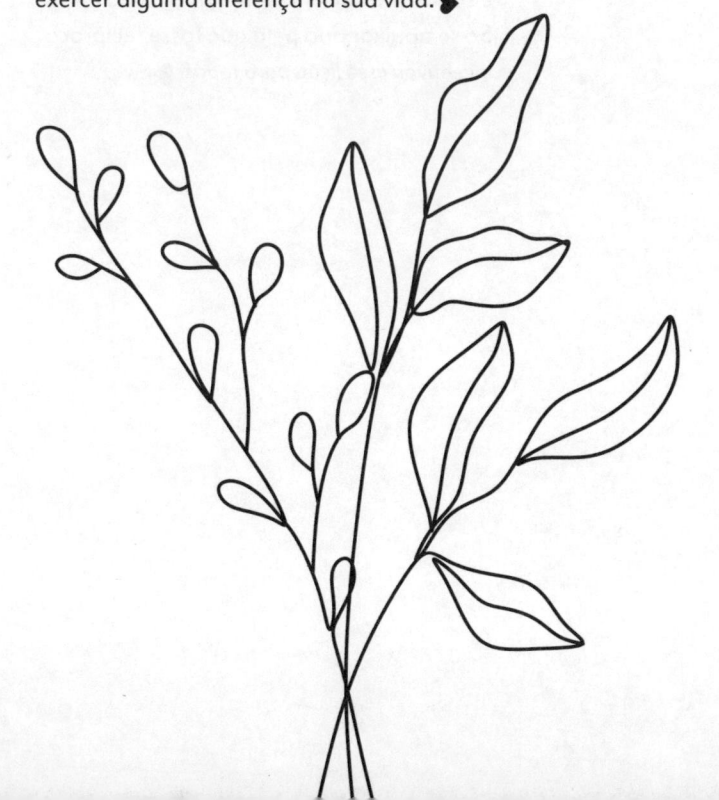

Encontre alguém que atenda às demandas do seu coração. Não implore nem desfaleça atrás de carinho. O que vier há de ser recíproco, aquele sentimento bonito, sabe? Que faz transbordar a alma e não deixa dúvidas!

Decepcionar-se faz parte da vida. Quem
nunca ficou magoado com um amigo, teve
um amor não correspondido, descobriu
uma mentira e chorou até soluçar? Sofrer
também está no calendário da vida,
mas o que devemos fazer então?
Dar a volta por cima, pensar nos nossos
sonhos, acreditar que é possível ser
mais feliz amanhã do que hoje (afinal,
é mesmo). *Lembre-se: "Devemos sorrir
só por termos a oportunidade de poder
viver. Agradeça a Deus por isso".*

Permita-se soltar as amarras que prendem a sua alma. Sorria para um desconhecido na rua, ajude um forasteiro na cidade, solte suas feras na cama. Desfrute de qualquer prazer que a faça gozar com a alma. Arrisque e desvende aquele sorriso que ainda não conheceu pessoalmente. Às vezes, o medo atormenta o espírito, mas é preciso embalar o corpo sem receio de quebrar a cara. ❥

Não deixe que a maldade e a inveja inflamem seu coração. Ninguém pode influenciar o seu jeito de ser. Adquira maturidade e ame o próximo sem querer nada em troca, ainda que ele tenha a intenção tóxica de machucá-la. ❥

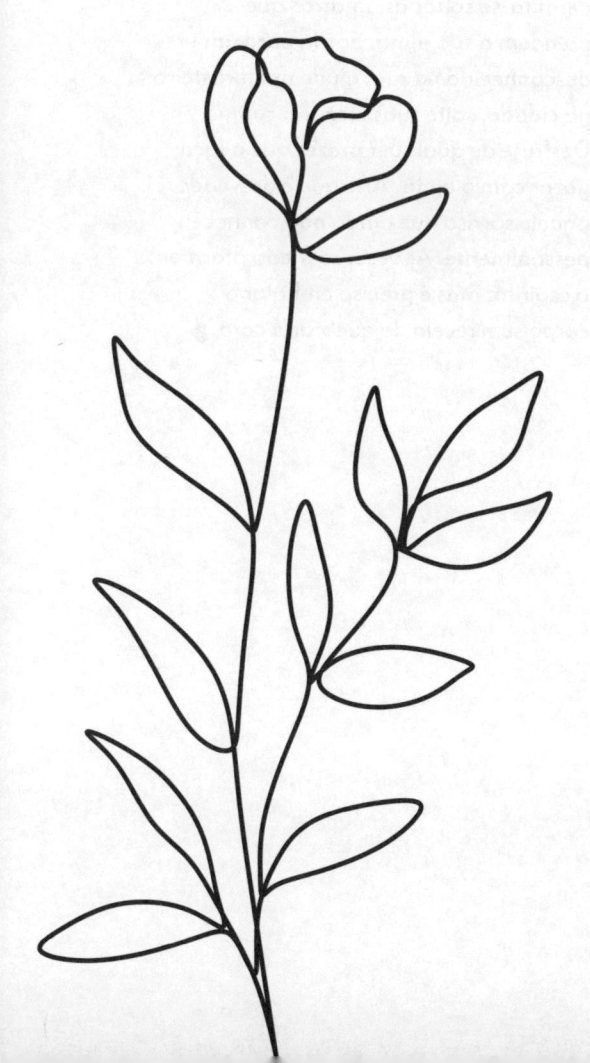

Não seja vítima dessa sociedade mesquinha que idolatra a "falsa" beleza em nome de uma aparência falaciosa. Um copo de vodca com energético não a deixa mais bonita na balada. Viver em busca de um corpo perfeito, muitas vezes em detrimento da sua própria saúde, é um atestado de ignorância. Você é bonita desse jeitinho mesmo, aprenda a se valorizar. Descubra o quão espetacular você pode ser com um simples e delicado sorriso. ❥

Eu gosto dos seus áudios embolados à noite, que aliviam o estresse do dia a dia corrido, eu gosto quando me chama de "bem" pra puxar um assunto ou perguntar se o cabelo ondulado daquela foto vai combinar com você. Para falar a verdade, e por mais clichê que isso soe, eu escancaro um sorriso bobo quando seu nome aparece na tela do celular. *Confesse, você sabia desbloquear essas sensações que eu nunca soube sentir.* Essas novas configurações se atualizaram no momento que cê sorriu e pediu para ficar um pouquinho mais no meu abraço, me deixando todo sem graça e sem reação que não fosse a de fazer morada ali.
Eu gosto quando me pego acordado viajando no sabor daquele temaki filadélfia que cê me apresentou, parece que eu sinto o gosto dele na minha boca, parece que eu sinto você me olhando e me roubando um pouco mais. ❥

Enalteça as coisas miúdas, repare nas pessoas, nos pequenos gestos e nas minúcias que sentiu cada ser humano que atravessou sua vida. Saiba valorizar quem está disposto a ficar do seu lado mesmo nas adversidades. Evite arrependimentos futuros, seja a personificação da reciprocidade e ofereça todo tipo de amor. ♥

Psiu, não esconda os seus desejos mais profundos e profanos. *Liberte a santinha que habita em sua superfície e encarne a personificação da mulher escorpiana, depravada, corajosa e intuitiva, sem nenhum receio do que quer e de quem deseja.*
Imagino que não seja uma tarefa fácil se desprender dessas amarras, entretanto, vale a pena se esforçar um pouquinho. Deixe os fetiches mais obscenos tomarem conta da sua alma. Fantasie-se de anjo, demônio ou de empregadinha e se jogue no meu corpo em uma metáfora escandalosa, repleta de gemidos e respirações ofegantes ao pé do ouvido. E se mesmo depois do vinho você se sentir envergonhada, vendarei os seus olhos. Talvez seja melhor você não olhar, só sentir. E aí? ❥

Enxergue com clareza aquilo que afeta seu coração. Nunca permita que sensações fúteis possam adentrar a sua alma e fazê-la sofrer. Não dê bobeira, permita apenas o que for legítimo.

Foi aprendendo a sofrer que pude descobrir o caminho de cada risada que dei. A gente sempre quebra a cara em alguma esquina ou por alguma pessoa que há de nos iludir. Levantar-se de uma queda, mesmo com os joelhos ralados, é o alicerce do crescimento pessoal e da busca incessante pelo amor-próprio que descubro habitar em mim a cada dia.

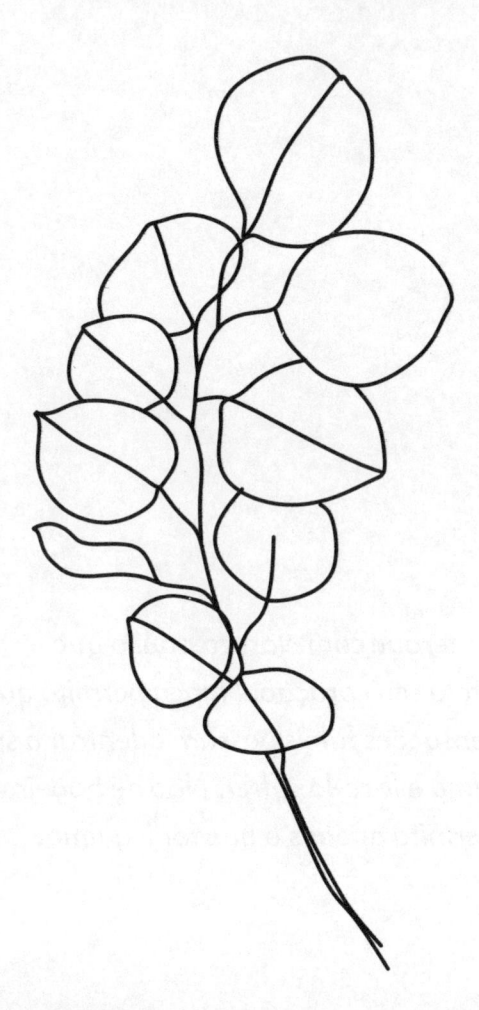

Ela sempre foi somente dela. Desde pequenininha era marrenta e batia o pé quando tinha certeza de suas convicções. Sabia que só pelo fato de ser mulher, infelizmente, muitos homens achavam que teriam o direito de opinar sobre o que ela podia vestir, qual caminho trilhar e quais sonhos almejar.
Tolos, quebraram a cara. Com o pulso firme, diga-se de passagem, tatuado, escreveu o roteiro da própria vida e, com o apoio da família, logo cedo descobriu que seu destino era ser livre e independente. Superou os obstáculos, levantou-se dos tropeços e rabiscou no próprio corpo as dezenas de histórias que tinha para contar.
Ela tem a alma livre, saca? Chama atenção das pessoas por onde passa. Transcende a vontade de ser feliz a cada amanhecer e, ao longo do dia, perfuma os ambientes que tocam os seus pés. Sempre deixou um rastro de coragem, um anseio para que os outros também seguissem os seus desejos sem temer a opinião alheia. Aprendeu sozinha que querer o bem do próximo é muito mais leve e sereno do que se preocupar com o recalque deste mundo mesquinho. Pôde assim entender que, por mais que a agulha no corpo cause dor, ela cria um desenho eterno, que fica cravado na alma, de um modo que não dá para esquecer. ❥

No momento em que o jardim é bem cuidado, as rosas surgem de maneira espontânea. Tudo fica mais leve quando você desperta para a percepção de estar completa, de se bastar sem nenhuma dependência emocional. Aproveite, continue investindo nisso eternamente. ❥

Tudo passou, inclusive a sua imaturidade de alguns anos atrás. Descobriu nos dias atuais o tão aclamado equilíbrio emocional: seja com batom vermelho, seja em tom nude, ela se olha no espelho e enxerga muito mais do que um padrão de beleza imposto. Em vez disso, vê as minúcias e os prazeres de ser quem ela é, de ser só dela e não pertencer a nenhum desses caras que se dizem "apaixonados", mas no fundo são machistas e abusivos. ♥

Presenteio com uma carona aquele que
trocar histórias e sorrisos confiáveis. No lugar
de rachar gasolina, vamos compartilhar
gargalhadas e permitir que o itinerário das
nossas palavras nos guarde até o encontro das
nossas línguas, num emaranhado de desejos
que a gente encontra assim, por acaso. ➤

Um elo de amizade criado nos refúgios da cumplicidade só se constrói quando você abre espaço para demonstrar as suas fraquezas. E, na real? Eu desconheço ato mais corajoso que relevar as suas vulnerabilidades. ❥

Entre na minha vida para me ajudar a despertar o melhor de mim. Se não existir essa disposição, não há motivo para abrir esse caminho. A responsabilidade afetiva deve ser um mantra. ▶

É melhor guardar as lembranças, você é um mulherão, e ele não soube valorizá-la

Por muito tempo você tentou, insistiu, persistiu e até se culpou pelo relacionamento que não foi para a frente. Você tenta, tenta, tenta e no final acaba sempre do mesmo jeito, não é, menina? Pare de sofrer e se magoar com alguém que não merece sequer o resquício de uma lágrima que percorreu o caminho do seu rosto.
É hora de tirar o véu e perceber que, apesar do carinho existente, o futuro não reservou uma história para vocês dois. Você é um mulherão! Abstraia e reveja todo o caminho percorrido até aqui, talvez seja o momento de escutar os seus amigos que SEMPRE alertaram que esse relacionamento não daria em nada. Siga em frente sem medo do futuro, não se sinta culpada por tropeçar e cair, seja madura o suficiente para se erguer do chão e construir uma história em que o amor-próprio tenha papel principal. ❥

Sou desses que não dão conta de segurar um sorriso, pode ser uma piada, um cumprimento de bom-dia após uma noite de sono maldormida. Utilizo a risada como um remédio capaz de curar absolutamente tudo. Por isso, se encontrar alguém triste por aí, seja generosa e ofereça um sorriso sincero que faça diferença, tá? ◗

Não traga de volta
para sua vida quem
só lhe trouxe dor.
Reveja a balança do seu coração e elimine essa possibilidade.
Voltar para essa pessoa
é um passo perdido no
processo de maturidade
emocional. ♥

Toda relação é uma permuta de sentimentos. Não há como ser um mar de rosas. Uma vez ou outra vocês tropeçarão. É nesse momento que a sabedoria deve prevalecer para superar qualquer diferença que atormente a vida a dois. É fundamental que ambos queiram estar juntos e estejam alinhados na mesma sensação de construir um futuro próspero.
No fim, a gente sempre sabe quando vai dar certo, a gente sempre sabe quando o outro realmente quer. ❥

Ela cansou de perdoar, ainda mais quando o pecado se repete. E foi numa dessas que desacreditou, perdeu o interesse. Agora tanto faz. Aliás, tanto faz, *não*. *O tempo entre vocês se esgotou e desceu pelo ralo. Tomou atitude e resolveu fazer o que muita gente deveria, mas não tem coragem: seguir em frente e abandonar as expectativas que foram criadas.* ❥

Segunda é o dia de esperá-la com o sorriso mais depravado possível. Meu desejo já começa agora, dentro do carro, indo buscá-la depois de um dia exaustivo no *trampo*. Imagino seu cheiro no tom da música que toca no rádio, sinto sua pele na minha, gerando aquele "arrepiar" que só a gente sabe onde termina. Já mordisco meus lábios tentando segurar a minha língua, que enlouquece só de saber que vai dançar no corpo dela a noite inteira. Nossa segunda tem vinho, tem ritmo, tem a batida acompanhada de carícias e devaneios profundos que rolam entre as nossas quatro paredes favoritas. Na segunda, a gente tem a primeira, tem a segunda outra vez, a terceira e até onde a noite e a sensualidade daquela mulher permitirem. ❥

Não tenha o distúrbio de só valorizar quando perder alguém. Na hora de correr atrás, você pode tropeçar e se machucar no próprio descaso. Dê atenção e seja companheira agora, caia nos braços de quem corre ao seu lado. 🖤

O desejo do dia é a gratidão, quero me distanciar dos significados clichês atribuídos ao termo e fugir do modismo que nos foi imposto. Agradecer é um ato, não um conceito. São o sorriso e o abraço demorados de um primeiro encontro, são os olhos cerrados quando corações se completam. Quero relembrar e sentir tudo que já fizeram por mim. Quero fazer do mundo um lugar bonito, quero outro mundo agora. Quero sentir saudade e agradecer por tudo que se foi até aqui e tudo que virá pela frente.

Muitas vezes, Deus coloca algumas pessoas em nossa vida não pela presença, mas sim pela influência que elas causarão ao longo da estrada. Seja num barzinho, seja dentro da família, na escola ou até mesmo num banquinho de madeira de uma cidade pequena. A saudade pode ser angustiante, todavia, aquilo que tocou o coração há de ser visceral e permanente. Tenho dificuldades com despedidas, sempre quero ficar mais, sempre peço para que fiquem mais. As separações costumam deixar vazios que nem sempre são preenchidos com facilidade. Enquanto outras têm o sabor do recomeço, na certeza de que nos veremos de novo, num ciclo infinito de deixar ir aquilo que é seu, no anseio de vê-lo o mais breve possível. ❥

Exerço influência no meu semelhante a partir do momento que transpareço e entrego o maior nível de confiança possível. É impossível ser alvo de admiração se não consigo corresponder às expectativas inconscientes de quem está ao meu redor. ❥

Muito mais feio do que insistir, e tomar um não, é insistir e ainda depreciar o outro depois de um fora. Aprenda a conviver com o contexto e seja gentil, o mundo precisa um pouco mais de respeito. Comece dando valor minimamente a quem despertou o seu interesse. ❥

Nota sobre o Carnaval

Deixa eu tocar a sua alma e sentir as cores
que a rodeiam por dentro, permita-me invadir
o seu mundo e descobrir todas as facetas
que podem me incitar a beijar o céu da sua
boquinha cheia de *glitter* pós-Carnaval. ❥

Eu me amarro nesse jeitinho atrapalhado, no sorriso debochado sem compromisso de agradar a ninguém. Sabe tratar o próximo com sinceridade e nunca se deixa levar pelo que os invejosos pensam. É a mina de fé, não se cala pelas contradições do mundo e batalha pela igualdade. Tem o amor acima de tudo e só consegue desejar o bem, independentemente do contexto. ♥

Perca os sentidos e se entregue ao novo. Deixe que sorrisos, olhares, histórias e sentimentos de afeto e desejo inundem o seu ser. Não seja escrava da ansiedade e permita-se beijar as mais diversas tatuagens que encontrar no corpo do outro. Seja honesta consigo mesma e não deixe de exprimir aquilo que a toca, também deixe claros todos os significados possíveis daquele toque, principalmente a vontade de possuí-lo novamente, o mais rápido possível. ❥

É preciso encarar as "demoras de Deus". Tudo que Ele faz tem o seu devido tempo. Não se apresse, seja paciente. Tudo que for seu acontecerá no tempo certo. Continue batalhando e tenha a simplicidade da fé de quem nasceu para nunca desistir. As recompensas não caem do céu, mas são inspiradas lá de cima. ♥

Anoto e guardo todos os meus desejos na escrivaninha de Deus. Sei que Ele enxerga com a pureza de uma criança e lê com a sabedoria de um mestre. No fim, suas escolhas me fazem crescer e só posso ser grato. Ser filho Dele é uma dádiva.

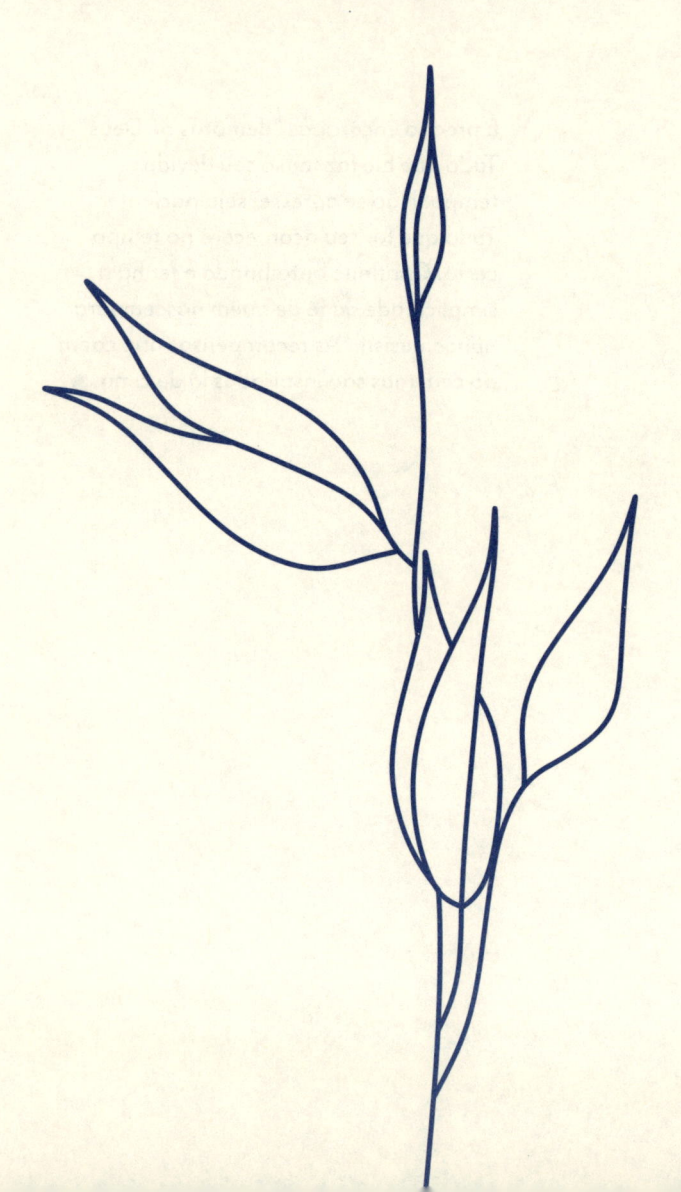

Relacionamentos competitivos não vão para a frente. O orgulho corrói todo espaço de amor, e quando os dois se dão conta, há uma guerra de egos inflados em que não passa nenhuma gota de carinho. Desista do nariz empinado, seja um pouco carente, seja um pouco careta. O bom relacionamento costuma ser "brega", cuja felicidade do outro é tão importante quanto a minha. ❥

Bom mesmo é exalar gratidão por toda travessia superada. Reconhecer as dificuldades e ter consciência de que o percurso foi mais importante do que a própria chegada. ▶

Coitado do homem que não compreende a amplitude do amor, um sentimento sem barreiras e sem trancas. Coitado deste, que vive preso ao passado sombrio e perderá a chance de desfrutar o que de mais verdadeiro você poderia oferecer. ▶

Esse lance de conhecer a pessoa certa no momento errado é algo que não me desce. Ora, se o sentimento é profundo e genuíno, ele atropela qualquer empecilho e se faz valer acima de tudo. Tome cuidado com os artifícios que o outro usa para não assumi-la: tem gente que traveste a falta de vontade de se envolver com um falso desígnio da vida. ❥

Invista em um reencontro consigo mesma. Perdoe-se por ter se submetido a tão pouco, o passado é um manual de aprendizados que servirão para você se recompor no presente e desfrutar do futuro com um sabor único. ▶

Quando alguém der indícios de que não gosta de você, tome como verdade e abandone a ideia de se encaixar. Não construa expectativas dentro de um barco que naufragou na primeira légua. ♥

Eu sei, você já tentou do seu jeito e nada disso tem dado certo. Pare de supor que você possui a verdade. Resguarde um tempo para refletir sobre os dilemas. Recue um pouco e tome impulso para enfrentar os seus demônios.

Ressignifique suas crises e possibilite uma mudança existencial. Abandone o receio de mudar e promova um encontro consigo mesma.

Foda mesmo é quando a ficha cai e você percebe que toda a *romantização* que sua mente criou não faz parte da realidade que só a maltrata. ❥

Demorei para encontrar a sabedoria
de não cair no papinho de sempre. Tem
sorrisos que desestruturam a gente,
mas é melhor ir com calma para não
afundar num oceano de ilusões. ❥

Entre promessas e presenças, escolhi fazer morada no peito de quem sempre me estendeu a mão, principalmente nos momentos de dor e na graça de admirar as minhas vitórias. 🖤

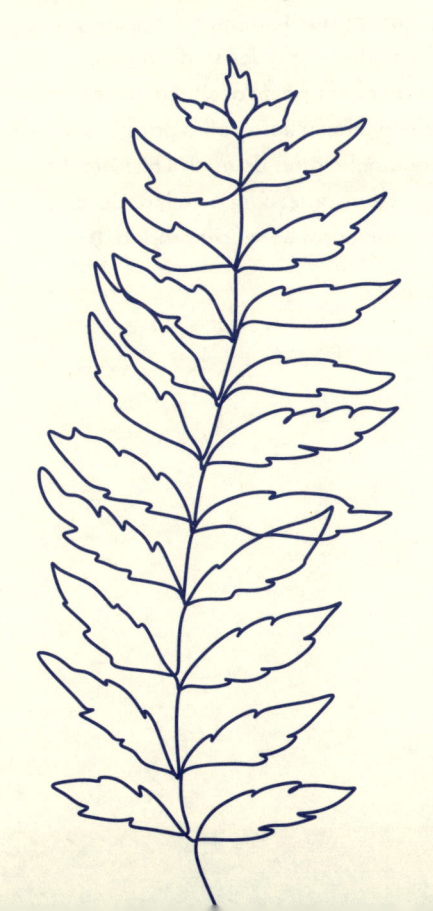

Recrio as minhas fantasias sem me amarrar ao que vão dizer. O julgamento virá de qualquer jeito. Por isso me permito viver na condição que me gera mais experiências, sem me importar com os sussurros negativos que teimam em ressoar por aí. Há muito tempo desisti de me submeter a qualquer tipo de aceitação de quem nunca moveu uma palha para saber um pouquinho mais da minha história. Esse tipo de recomeço foi a melhor decisão que tomei em benefício próprio. ❥

Quanto mais me comparo ao outro, mais me esqueço de cuidar do meu quintal. As flores murcham, a infelicidade floresce e o meu precioso tempo de vida deixa de ser fertilizado pelos encantos que estão disponíveis no meu presente. ❥

Guarde esse coração e jamais aceite alguém que vá na contramão do que você acredita. Poupe-se dos fracassos e deixe em aberto a meta de ter alguém. Ali na frente ela tende a dobrar. ❥

Em nome da sua saúde mental, proteja-se de quem a machucou e bloqueie essa pessoa. Silencie a presença em qualquer mídia social daquele que somente lhe trouxe feridas e as ostentou como prêmio para o ego. ❥

Nunca deixe que o medo de perder alguém seja a justificativa para continuar segurando um laço que só lhe trouxe dor.

Tá tudo bem ter um dia amargo e não dar o seu melhor no meio dessa angústia. O que você não pode é descarregar suas frustrações com indelicadeza sobre quem não merece. Tenha responsabilidade emocional, apesar dos momentos de tormenta.

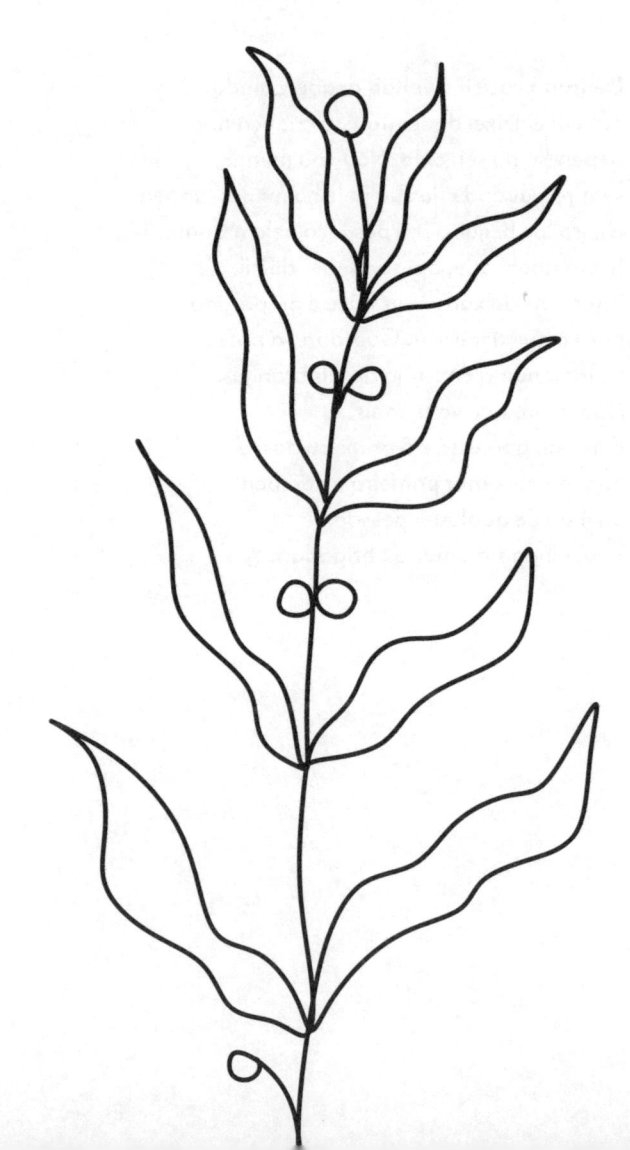

De tanto você ir e voltar, acabei caindo
na real e deixei de ser aquela criança que
dependia do seu colo. Não vou mentir,
sentirei saudade da sua pele na minha, do seu
cheiro, de beijar o seu pescoço pela manhã.
Sei também que, apesar de ser difícil, o
futuro me deixará mais forte e preparada
para o que der e vier. Guardarei a nossa
história numa caixinha de lembranças.
Não quero que volte mais.
Fique aí, pois esse é o primeiro passo
para eu me amar primeiro e não penar
na mão de qualquer pessoa.
Psiu, ainda sim, muito obrigada... ❥

Estabeleça conexões mentais, espirituais e afetivas nesses tempos de relações rasas. Não se torne mais um nessa multidão de sentimentos superficiais. Seja a profundidade que você deseja no outro. ❥

Você precisa aprender a desapegar. É isso mesmo, é preciso se desgarrar de quem não se doa nem retribui com o mínimo de carinho. Não, menina, encontrar outro "amor" nunca será a solução. Ame-se, desprenda-se da falta de reciprocidade. Você merece muito mais do que um relacionamento de migalhas. Você é uma mulher, não uma formiga! ❥

Disputar o amor de quem não a enxerga como prioridade é o mesmo que entrar numa competição sem ter chances de vencer. Proteja-se dessas ciladas e jogue a toalha antes de pisar nessa arena.

Não se culpe por ter deixado de lado quem não foi capaz de preenchê-la com as sensações que você julgava necessárias para prosseguir. Retire-se com leveza, você deu o seu melhor, mas seus gestos nunca foram correspondidos. *Desfaça esses nós e siga em linha reta, você suportou mais do que devia até aqui.* ▶

No fim, você só conseguiu ser mais um na lista de quem sempre se doou às próprias vontades. Foi transformado numa figurinha repetida que teve a coragem de magoar um coração que só sabia zelar pela sua felicidade. Custava ser uma companhia verdadeira, disposta a estabelecer um elo de cumplicidade? Só que não. Você preferiu azedar tudo e jogou pela janela uma história repleta de risadas e bons momentos por apenas uma noite de "prazer", com uma dose de ressaca pela manhã. ❥

Ela se enfeita com um sorriso no rosto e encara todos os desafios desta vida. Não desaba por qualquer coisinha e aprendeu que a felicidade se encontra nos pequenos gestos. Reconheceu que, por mais difícil que seja a caminhada, há sempre um motivo para agradecer e razões para seguir. ❥

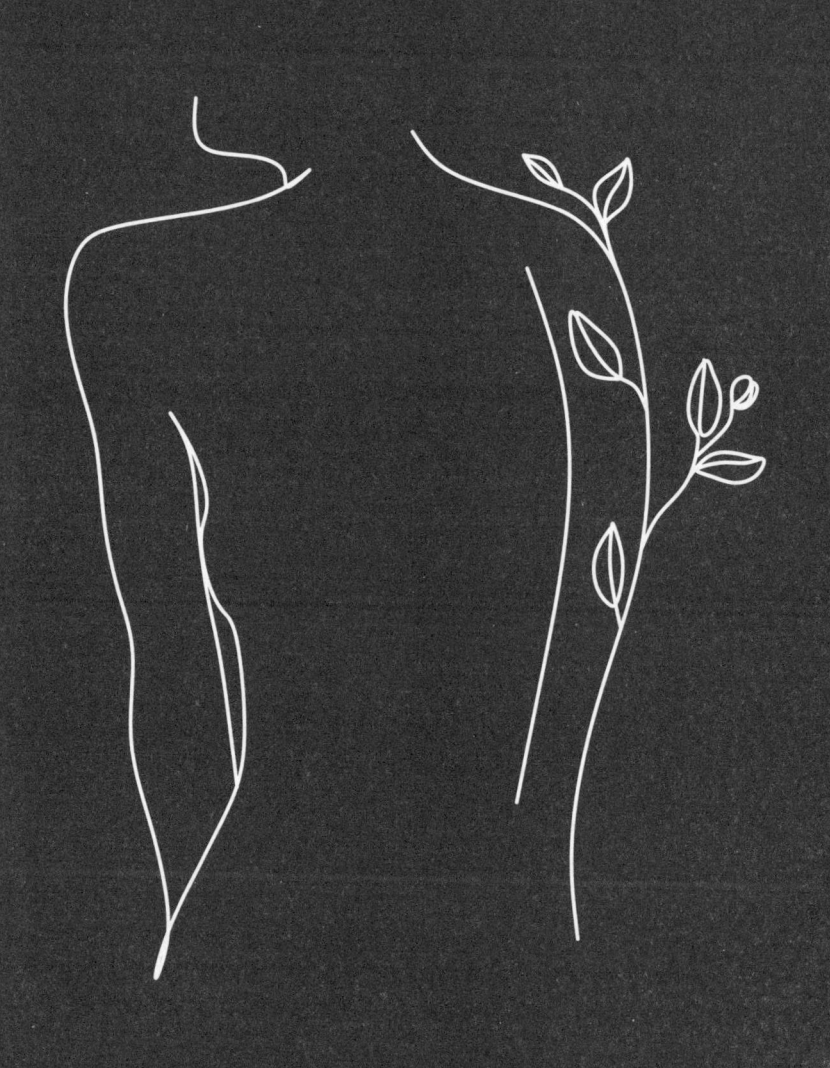

**Acreditamos
nos livros**

Este livro foi composto em Mr Eaves Mod OT e impresso pela
Geográfica para a Editora Planeta do Brasil em maio de 2021.